UNE SAISON AU HAMEAU

Quiterie DES FORTS

UNE SAISON AU HAMEAU

Roman

© 2024, Quiterie des Forts

Édition : BoD · Books on Demand GmbH, In de Tarpen 42,
22848 Norderstedt (Allemagne)
Impression : Libri Plureos GmbH, Friedensallee 273,
22763 Hamburg (Allemagne)

ISBN : 978-2-3225-3476-0
Dépôt légal : Décembre 2024

À mes grands-parents,
À mes parents,
Et à tous les habitués de Yonville

PROLOGUE

Yonville est un hameau situé dans la campagne picarde, au cœur du département de la Somme. Tout amalgame avec le bourg fictif de Gustave Flaubert serait fortuit, l'auteur s'étant inspiré d'un village normand.

À défaut d'être aussi connu que son homonyme, le hameau de Yonville est un lieu où règnent calme et sérénité. Au centre de ce lieu-dit se dresse le château de Yonville, une bâtisse du XIXe siècle, qui a traversé les générations et vu bâtir à ses côtés le Chalet et la Petite Maison.

Cet ensemble indissociable d'édifices crée une harmonie véritable que les propriétaires, habitués des lieux ou simples voyageurs de passage, considèrent comme un véritable havre de paix.

Chapitre 1 : 2023

La journée était ensoleillée. Emma se tenait sur le pas de la porte, observant les oiseaux s'affairer. L'air se rafraîchissait de jour en jour, mais il faisait encore assez bon pour sortir sans trop se couvrir. Le mois de septembre touchait à sa fin et, chacun le savait ici, il ne faudrait pas tarder à ressortir les affaires d'hiver des placards.

Emma descendit les quelques marches qui la séparaient du jardin. Une fois sur le chemin principal, elle prit son temps pour humer l'air frais. La propriété principale se dressait au centre d'un parc qui s'étendait sur une quinzaine d'hectares. Un chemin se dessinait tout autour des pelouses, permettant aux véhicules de venir et repartir sans se croiser. Chaque coin du parc était agrémenté d'arbres de divers essences. La nature s'épanouissait là, où elle n'était pas agressée par la pollution.

Le château, qu'on pouvait difficilement apercevoir en été tant la végétation était dense, avait été construit au XIXe siècle. Emma ne connaissait pas la date exacte. Il était difficile de trouver des détails historiques sur sa construction. Elle savait seulement que le château dans lequel elle vivait aujourd'hui n'avait pas toujours été ainsi.

La première construction avait abouti à une maison simple, comportant quelques pièces et un étage. La deuxième étape avait permis d'agrandir l'édifice et d'en faire une maison de maître. Le dernier agrandissement, datant des années 1890, avait permis de donner sa forme finale à la propriété. Un jardin d'hiver devait voir le jour en 1914, mais le projet n'a jamais abouti. La maison avait connu son âge d'or lorsque Emma était petite. Ses grands-parents en étaient alors propriétaires et faisaient vivre ce lieu comme personne. Il y avait du monde en permanence : amis, famille ou visiteurs de passage. Ils savaient faire vivre ce lieu et le rendre chaleureux.

Bien que leur âge avançât sérieusement, leur décès presque simultané fut brutal pour Emma. Il fallut trouver une solution rapidement. Sa mère, fille unique des grands-parents d'Emma, ne voulait pas en entendre parler. En accord avec son mari, elle avait renoncé à la succession. Ainsi, ses parents, sans prévenir personne, étaient partis vivre au Brésil, laissant leurs enfants décider du sort de la propriété familiale. Elle se transmettait de génération en génération, et l'idée qu'elle puisse partir dans les mains d'un inconnu était insupportable. Ses études terminées depuis plusieurs années, elle travaillait dans une entreprise avec des avantages et un certain confort de vie. Elle ne pouvait pas se résoudre à tout abandonner pour vivre cloîtrée à la campagne, en plein cœur de la Somme.

Son frère Léopold y était aussi attaché, mais il ne pouvait pas reprendre le bien. Plus âgé, marié et avec des projets plein la tête, l'option lui était inenvisageable. La seule proposition qu'il pouvait faire était de lui laisser sa part. C'est ainsi qu'Emma, refusant ce geste gratuit, lui proposa d'investir dans son projet. Elle allait tout plaquer pour reprendre le bien familial et en faire un lieu de rencontres, d'échanges et de bien-être. Pour cela, elle louerait les dépendances. Son frère avait accepté, non sans une hésitation quant au succès éventuel de ces locations.

La sœur s'était jetée à corps perdu dans ce projet. Par chance, aucun des bâtiments n'avait été laissé à l'abandon. Ses grands-parents avaient pris soin de les entretenir. La jeune femme ne s'était endettée qu'à hauteur d'un faible montant. De toute façon, il lui aurait été difficile de faire plus. Elle n'avait jamais vraiment su comment ses grands-parents avaient pu entretenir une telle maison, avec des moyens pour le moins limités. Loin d'être rentiers, Arnaud avait travaillé toute sa vie dans la comptabilité, et Annick était restée femme au foyer.

Les travaux effectués par Emma avaient donc servi à rendre les lieux moins rustiques et plus confortables. Elle misait tout sur le côté nature, sur la déconnexion : pas de wifi et thème bucolique dans les logements. Elle savait que cette stratégie attirerait deux types de clients : les « anciens » et les « bobos ». Des éléments de modernité et de confort charmaient aussi les familles, les couples et les bandes de copains de tout genre.

C'est dans ce cadre qu'Emma arpentait le chemin menant à la vieille repasserie, pleine d'espoir. Le projet prenait de l'ampleur, et les locations commençaient à se faire un nom. Elle espérait que jamais les logements ne se vident de leurs touristes, vacanciers ou futurs habitués.

Chapitre 2 : 1893

Le carillon du village retentit au loin, marquant deux heures de l'après-midi, tandis que le clocher de l'église se joignait à son chant. Joséphine souffla. L'heure avait sonné : elle savait qu'il fallait partir. Dans quelques minutes, elle entendrait l'appel perçant de Miriam, la domestique en cheffe. Joséphine devrait alors quitter le confort de son lit, sur lequel elle était assise, pour rejoindre ses parents au rez-de-chaussée. Jamais elle n'aurait pensé éprouver de la mélancolie à l'idée de quitter cette maison.

Aujourd'hui était un jour particulier. Elle avait vécu toute sa vie dans cette demeure. Pourtant, dans quelques instants, elle la quitterait pour toujours. Son père, qui travaillait dans l'administration d'entreprises, s'était vu confier les rênes d'une grande société de machines agricoles. La mécanisation était en vogue, et Roland avait saisi l'occasion. Dans ce domaine il était visionnaire.

La saisie de nouvelles opportunités comme celle-ci impliquait donc un changement de vie. Joséphine aimait sa ville natale. Elle avait pu s'épanouir autant que possible durant ces vingt dernières années. Il y avait toujours des choses à faire et des gens à voir en région parisienne. Elle n'était pas du genre à rester cloîtrée, au grand dam de ses parents. Cette grande ville lui avait permis de sortir, de découvrir le monde autant que le permettait la société dans laquelle elle vivait. Sa famille, de noble lignée et respectée sur tout le territoire, lui avait offert de nombreux privilèges. Si seulement elle s'était aperçue de sa chance.

Joséphine se plaignait plus qu'elle n'appréciait le confort de sa vie, dont beaucoup rêveraient. Aussi, elle avait tout naturellement rechigné, comme une enfant, lorsque ses parents lui avaient annoncé leur départ. Elle ne savait pas exactement où ils déménageaient, mais la simple évocation de la campagne la rebutait.

Il était deux heures passées de six minutes désormais, lorsque Miriam vociféra. Il fallait descendre, le départ était imminent. Elle rejoignit ses parents dans l'entrée. Ils l'attendaient de pied ferme. Son père la fixa un instant, les sourcils froncés, sans dire un mot. Il avait l'art et la manière de se faire comprendre sans prononcer une parole. Ce n'était pas le père le plus aimant, Joséphine le savait. Son éducation pouvait être rude. Elle l'avait appris à ses dépens, ou plutôt son frère l'avait appris pour elle. Cinq ans ne s'étaient pas encore écoulés depuis son départ. Joséphine redoutait cette date comme on redoute une maladie. Dans un contexte parental strict, son frère représentait sa lueur de joie. Elle devait maintenant vivre avec son absence et abandonner les souvenirs des moments partagés ensemble dans cette maison.

Joséphine se laissa bousculer par les domestiques qui apportaient les derniers bagages à la voiture. En sortant de la maison, elle découvrit un vrai convoi. Il fallait presque un véhicule par personne pour transporter l'intégralité des bagages des employés. Une partie d'entre eux était déjà installée sur place afin de préparer l'arrivée de la famille.

En tête du peloton se trouvait la rutilante Panhard & Levassor Type A, récemment acquise par le père de Joséphine. L'automobile n'en était qu'à ses débuts, et peu de personnes pouvaient se permettre ce genre de modèle. Le temps se refroidissait, et un voyage de plusieurs jours à bord de ce véhicule aurait épuisé la famille. Son père avait donc décidé que leur chauffeur ferait le trajet seul afin d'emmener la voiture à bon port. Derrière elle, patientaient deux chevaux attelés à une berline, utilisée uniquement pour les longs voyages. Robuste et confortable, elle transporterait la famille jusqu'à sa nouvelle demeure. Ensuite venaient l'attelage des grandes occasions et quelques calèches où s'amoncelaient les bagages.

Joséphine traîna les pieds jusqu'à la porte de la berline, s'aida du marchepied, et finit par s'installer à l'intérieur de l'habitacle. À peine assise, elle entendit les ordres du cocher, les rênes claquer, et les chevaux démarrer. Ses parents s'étaient installés côte à côte, face à la route. Ils ne supportaient pas de voyager dans le sens opposé. Peu importait à leur fille, qui, au moins, pouvait observer sa maison s'éloigner un peu plus à chaque claquement de sabot.

Chapitre 3 : 2023

Emma arriva devant le chalet normand. Elle prit le temps de l'observer. Il était baigné par la lumière du soleil. Orné de ses typiques colombages qui faisaient son charme, ce chalet était particulièrement apprécié des voyageurs. Son entreprise de location de gîtes recevait de très bons avis. Emma sentit une vague de fierté la parcourir. C'est seule qu'elle avait entrepris de refaire tout l'aménagement et la décoration des intérieurs.

Des pas lourds se firent entendre en écho. Emma aperçut non loin d'elle la carrure voûtée d'un homme. Il venait de descendre de la vieille repasserie et transportait de la ferraille. C'était Jean. Jean transportait toujours quelque chose. Emma connaissait cet homme depuis longtemps. Elle l'avait toujours connu vieux, comme s'il était né ainsi. Ou plutôt comme si, arrivé à un certain âge, il avait arrêté de vieillir. Des rides profondes délimitaient son visage constamment fermé. Il avait dû être grand et costaud à une époque mais désormais son dos s'arcboutait. Il avait toujours l'air de porter le monde sur ses épaules. Ce dysfonctionnement provenait certainement du fait qu'il ne s'était jamais reposé de sa vie, pas une seule minute.

À l'époque de ses grands-parents, Emma le croisait par moment. Il vivait reclus dans la vieille repasserie qu'il avait retapé avec sa femme. Cette bâtisse formait une image miroir du Chalet tant les deux édifices se ressemblaient. Néanmoins, il était facile de voir que la repasserie avait presque autant vécu que son locataire.

Jean avait emménagé avec sa femme de longues années auparavant. Ils étaient alors un jeune couple heureux et ambitieux, heureux de restaurer cette maison au grand potentiel. Ils accomplirent un beau travail de restauration, tout en travaillant la terre pour un salaire de misère. Quelques mois après, son épouse attendait leur premier enfant. Elle donna naissance à un fils mais les complications de l'accouchement l'emportèrent peu de temps après. Il ne s'en remit jamais. Sa femme représentait l'amour de sa vie et son fils l'avait privé de ce bonheur. Il lui en voulait beaucoup. Il l'éduqua par obligation plus que par amour. À ses 16 ans, son fils quitta le domicile pour fuir son père. Depuis, aucun d'entre eux ne reprit contact. Jean recevait des nouvelles de temps en temps, parce que les informations circulaient vite, et non pas par volonté. Il savait qu'il habitait non loin du littoral normand et qu'il avait fini par se marier.

La raison pour laquelle Jean avait décidé de rester ici demeurait un mystère pour Emma. Il continuait d'être locataire car jamais il n'avait pu s'acheter de demeure à son nom. C'est vrai que le loyer était dérisoire, et heureusement au vu de sa petite retraite. De ce qu'avait vu Emma au cours de sa vie, ses grands-parents le portaient dans leur cœur et avaient choisi de ne jamais réviser le loyer à la hausse. Leur petite fille avait décidé de poursuivre dans cette voie. Le vieillard faisait office de gardien, même si quiconque aurait pu le défier sans soucis. Il demeurait une présence réconfortante.

Pourtant, elle ne connaissait pratiquement rien de lui. Sa mauvaise humeur tenait n'importe qui à distance. Il faisait simplement partie du paysage et cette pensée l'attrista. Elle savait que la solitude n'était ni un défaut, ni une insulte mais elle aurait aimé qu'ils nouent un lien plus amical. Elle finissait par supposer que la routine avait entériné le vieil homme ici. Jean leva la tête, salua Emma d'une moue qui en disait long sur son humeur. Il récupéra un panier et entreprit de rejoindre le potager qu'il avait installé derrière sa maison. Sur le chemin, il s'arrêta un instant pour contempler le Chalet. Puis, il secoua la tête en guise de réprobation et reprit sa marche. Il voyait d'un très mauvais œil ce projet. Tous ces inconnus... Pourtant, il en avait vu des énergumènes du temps d'Arnaud et Annick. Contrairement à leur petite fille, loin de tout savoir sur eux, Jean savait de quoi ces allées et venues retournaient. Il avait espéré que la situation se calme avec la reprise de Yonville mais ces locations n'iraient pas en aidant.

Il n'avait jamais partagé son mécontentement mais sa voisine connaissait son opinion. Elle n'y avait porté aucune attention au départ. Non pas par indifférence, mais parce que l'homme était tellement intégré à l'environnement, qu'elle n'avait pas songé à lui en parler. En regardant son aîné s'éloigner d'un pas lent et marqué par la vie, elle s'en voulu de cette insensibilité.

Chapitre 4 : 1893

Il fallut plusieurs jours à la famille pour arriver à destination. Ils avaient marqué deux haltes chez des amis pour prendre du repos. L'épuisement et l'agacement gagnaient Joséphine. Elle avait à peine parlé à ses parents de tout le voyage. Eux, s'étaient contentés d'échanger sur leur vie future, sur la façon de tenir la maison pour sa mère et sur la manière de gérer ses salariés pour son père. De temps à autre, ils avaient intégré leur fille dans la conversation pour lui exposer les conditions de sa nouvelle vie. Elle n'avait écouté que d'une oreille distraite. Pendant de longues heures, elle avait regardé le paysage défiler. Ce qui représentait des routes pavées et bondées s'était transformé en chemins tortueux et déserts. Les jolies demeures citadines avaient laissé place à de vieilles chaumières délabrées.

Lorsque la berline tourna pour s'engager sur le sentier menant à la maison, Joséphine se redressa. Les chevaux ralentirent, elle put se pencher vers la fenêtre entrouverte. Une route stabilisée se dessinait, une fois passée le large portail forgé encadré de deux piliers en brique. Le froid étant apparu assez tôt cette année-là, certaines feuilles avaient déjà revêtu leur couleur dorée sur les grands chênes. Elle respira l'air frais à plein poumons. Une odeur de terre humide et d'herbe fraîchement coupée envahit ses narines. Elle se rassit en arrière de son siège pour mieux observer la suite du paysage. Le cortège s'engagea un peu plus sur le chemin. Joséphine orienta son regard et aperçut une grande façade ocre qui se dressait en face.

En longeant la demeure, Roland expliqua que le dernier agrandissement, à savoir l'aile Est, venait d'être terminé, de sorte que la maison était en partie neuve. La façade se composait de briques rouges, d'huisseries et de volets parfaitement blancs. Une toiture en ardoises parfaisait le tout. La maison se dressait sur trois niveaux et s'étalait sous une forme cubique, ce qui la rendait particulièrement imposante. Joséphine admit que cette maison avait bien plus de cachet que son ancien logis. Lorsque les chevaux ralentirent jusqu'à s'arrêter complètement, elle capta les derniers mots du monologue de son père qui ne l'intéressait jusque-là que très peu. "Et nous voilà arrivés au château de Yonville". C'est donc ici qu'elle vivrait ses prochaines années, au milieu des champs, des fermes et des exploitants. Elle soupira une nouvelle fois en posant le pied sur le gravier. André, le domestique qui lui tenait la porte, l'observa l'air grave, échaudé du dédain dont elle faisait preuve. Elle ne posa pas un regard sur lui.

La propriété comportait deux entrées : une pour les domestiques et une pour la famille, qui fut conduite à la porte principale. Lorsque Joséphine franchit le seuil, elle découvrit un grand vestibule au sol pavé de larges tomettes décorées. Son ancienne maison était confortable mais il était évident que cette demeure avoisinait le double de sa taille. Joséphine se hâtait d'en découvrir son étendue.

Chapitre 5 : 2023

Emma remontait l'allée, suivie de près par son fidèle chien qui trottinait à ses côtés. Elle entendit le crissement de pneus et se retourna pour voir un SUV s'engager sur le chemin menant au château. Elle attendait des clients et si c'étaient eux, ils étaient très ponctuels.

Le temps de marcher à leur rencontre, la voiture s'était arrêtée devant l'entrée. La fenêtre du véhicule s'ouvrit, laissant passer la tête d'un homme d'une soixantaine d'années, les cheveux grisonnants et un grand sourire aux lèvres. Emma le salua, ainsi que sa femme installée à coté, et leur indiqua la petite maison quelques mètres plus haut. L'homme la gratifia d'un joyeux "merci" et engagea sa voiture sur le chemin en pente. Il fallut plus de temps à Emma pour grimper et les rejoindre, son chien toujours à ses pieds.

Lorsqu'elle arriva à leur hauteur, les clients avaient déjà mis pied à terre. L'homme s'étira bruyamment pendant que sa femme ouvrait le coffre pour décharger les bagages. Leurs visages rayonnaient. Ils s'avancèrent pour se présenter et proposèrent une main amicale à Emma :

— Bonjour, nous sommes vos locataires pour les deux prochaines semaines. Gustave, et voici ma femme Lucile.

— Je suis ravie de vous accueillir dans notre belle région. Avez-vous fait bon voyage ?

— Oui, merci. Nous venons de Bretagne, ce n'est finalement pas si éloigné. C'est très joli par chez vous, répondit Gustave.

— Je ne peux pas vous contredire, vous allez vous plaire ici. Je vous fais visiter ?

Le couple hocha la tête à l'unisson et rejoignit Emma au pas de la porte. Elle débuta un récit qu'elle connaissait déjà par cœur : « Bienvenue à Yonville, hameau d'une dizaine d'habitants, peu connu du grand public. Ici, vous plongez dans une histoire familiale ! Ce lieu appartient à ma famille depuis de nombreuses générations... »

À l'évocation de ces mots, les yeux de Lucile se mirent à briller. « ...Toute modestie à part, j'ai tenté de recréer un havre de paix afin que chaque personne qui passe un, deux, trois jours ou bien plusieurs semaines puisse se sentir comme chez elle. Mais vous verrez, cet endroit est apaisant à lui tout seul. Vous avez choisi de séjourner dans la Petite

Maison. Son nom ne laisse pas planer de mystère. Cette jolie maison de plain-pied se trouvait être un poulailler. Il a fini par tomber en ruine. Il y a environ 25 ans, mon grand-père l'a rénové. Tout a été construit de ses mains. Elle me tient d'autant plus à cœur. Vous me suivez ? »

Le couple s'exécuta en s'engageant à l'intérieur de la maison. Il fallait arpenter la salle à manger pour accéder à la cuisine. La pièce principale, comportant cheminée et fauteuils chaleureux, était baignée d'une belle lumière. Les baies vitrées permettaient une captation toute particulière de la luminosité. Après leur avoir donné quelques consignes et transmis les clés, Emma prit congé du couple de retraités. Leur bonne humeur était contagieuse, à tel point qu'elle rayonnait en sortant de la maison.

Ragaillardie par cette rencontre, Emma se dirigea vers le château, son chien lui emboîtant le pas, prête pour continuer sa journée de travail. Sa joie s'estompa rapidement lorsqu'elle ressentit à nouveau une sensation qui devenait de plus en plus familière. Depuis plusieurs semaines maintenant, elle ne pouvait nier le sentiment désagréable qui la taraudait ; par moment elle se sentait observée. D'un rapide coup d'œil elle balaya les environs mais ne vit rien d'inquiétant. Elle espérait secrètement qu'il ne s'agissait pas de la solitude qui la rendait paranoïaque.

Chapitre 6 : 1893

Le lendemain matin, Joséphine eut toutes les peines du monde à retrouver ses esprits. Elle venait de se réveiller et n'était pas habituée à ce nouvel environnement. En ouvrant les yeux, elle s'attendait à voir apparaître les contours délicats des fleurs posées sur le papier peint. À la place elle ne distingua que les traits rectilignes d'un plafond rayé rouge et blanc. Cette sensation de ne pas se sentir chez elle la mit mal à l'aise. Elle se redressa dans son lit et prit du temps pour observer les détails de sa nouvelle chambre. Çà et là, des valises trainaient, dans l'attente d'être convenablement rangées. L'intégralité de ses affaires avait été ramenée et pourtant cette chambre, bien plus grande que l'ancienne, donnait l'impression d'être vide.

Les murs manquaient terriblement d'ornements et les meubles étaient dépourvus de jolis bouquets. Joséphine savait pertinemment que cette situation demeurerait provisoire, qu'il fallait du temps pour agrémenter la pièce à son goût, mais sa mauvaise foi prenait le dessus. Elle ne manquerait pas de faire remarquer aux domestiques leur défaut d'implication dans la préparation de la maison.

Elle s'installa au bord de son lit, face à la fenêtre pour le moment recouverte d'un lourd rideau, et saisit la cloche. Elle la fit retentir pendant plusieurs secondes. La réaction fut immédiate puisque Zélie fit irruption dans la pièce. Elle travaillait pour la famille depuis quelques années seulement mais les deux femmes s'étaient bien entendues dès le début. Âgée d'une vingtaine d'années à peine, elle avait été embauchée à ses seize ans, à sa sortie de l'orphelinat. Elle n'avait jamais suivi de formation particulière pour le service, ce qui la rendait un peu gauche. Toutefois, elle avait à cœur de bien faire et était appréciée au sein du foyer.

Pendant que Joséphine traversait sa chambre pour rejoindre sa garde-robe, Zélie ouvrit les rideaux, épousseta les couvertures et entreprit d'aérer la pièce. Elle aida ensuite sa maîtresse à se préparer pour descendre petit déjeuner. Lorsqu'elle fut descendue, Joséphine découvrit une salle à manger parfaitement équipée et prête à la servir. La table était somptueusement dressée, ornée de nappes en lin délicatement brodées et de vaisselle en porcelaine fine.

Au centre trônait une imposante corbeille de fruits frais, sélectionnés avec soin. Une variété de viennoiseries et de pains croustillants reposait dans des corbeilles d'argent finement ciselées.

De l'autre côté de la table, des plats chauds attendaient d'être servis par des domestiques attentifs. Joséphine pouvait sentir cette odeur familière d'œufs brouillés délicatement assaisonnés, du bacon croustillant et des saucisses grillées. C'était comme si la famille habitait ici depuis toujours. Cette préparation ne laissait paraître aucune urgence de la part des domestiques, qui avaient préparé leur arrivée avec le plus grand soin, contrairement à ce que la jeune femme voulait leur reprocher.

Roland, déjà installé, feuilletait le journal tout en se désaltérant de temps à autre avec une tasse de café. Joséphine lui sourit poliment en guise de salutation. Il était récurrent depuis plusieurs années que père et fille s'adressent la parole pour échanger de simples banalités ou bien pour se quereller. Elle demanda à sortir découvrir le parc et il la questionna sur son besoin d'être accompagnée. Elle répondit que ce n'était pas nécessaire.

Son père hocha la tête d'un air satisfait et reprit sa lecture. La conversation se termina sur ces trois phrases. Peu après, un employé de maison vint chuchoter un message à l'oreille de Roland. Celui-ci parut embarrassé. Il s'excusa auprès de femme et fille et sortit de la pièce. Personne ne semblait surpris de cette attitude.

Après avoir pris un repas copieux, Joséphine remonta dans sa chambre se changer, suivie de Zélie. La jeune domestique avait préparé la tenue de sa maîtresse selon le temps qu'on devinait au-dehors. Une fois enfilée, il ne restait que la coiffure à finaliser. Bientôt, Joséphine était fin prête.

Elle portait une longue robe en soie d'un bleu profond, descendant jusqu'à la cheville. Sa taille était soulignée par un corset ajusté, créant une silhouette en sablier. Sa jupe s'ouvrait légèrement sur le bas, révélant des volants de dentelle délicate. Le corsage de sa robe, couvrant le décolleté, était orné de broderies complexes et de rubans en satin. Les manches, longues et étroites au niveau des poignets, accentuaient la délicatesse de ses bras.

Aux pieds, elle arborait des chaussures en cuir noir à bout pointu avec de petits talons, ornées de boucles, qu'elle savait peu fragiles pour arpenter le parc du château.

Malgré son incontestable assurance, Joséphine n'avait pas réellement conscience de sa beauté et de l'effet qu'elle pouvait dégager. Il n'y avait nul besoin de travailler son visage pendant des heures, il resplendissait naturellement.

Sous une large capeline, Zélie avait opté pour une coiffure relevée en chignon, laissant apparaître quelques boucles brunes encadrant son visage. Des boucles d'oreilles discrètes et un pendentif terminaient la tenue. Au moment de sortir, Zélie ajouta une étole en velours assortie au bleu de la robe, drapée autour de ses épaules. Elle attendit que cette dernière valide sa toilette par un sourire et pris congés, s'en allant vaquer à ses autres tâches.

Joséphine se parfuma comme à son habitude et sortit finalement de sa chambre. Les couloirs tournaient dans tous les sens, de sorte qu'elle prit du temps pour retrouver le chemin de l'escalier principal. Elle ne connaissait pas encore suffisamment les lieux pour marcher d'un pas assuré.

Une fois dehors, une légère brise caressa son doux visage. Elle respira longuement cet air frais et entreprit de débuter sa promenade. L'endroit était très boisé. La propriété était entourée d'une forêt. On pouvait facilement noter que le travail du bois y était intense. La jeune femme sourit à cette perspective. Alors que ses amies se plaisaient à travailler la broderie pendant des heures durant, Joséphine, elle, s'ennuyait rapidement après seulement quelques points de croix. Elle appréciait au contraire les activités manuelles plus rudimentaires et considérait ces travaux comme un art. Elle avait notamment appris les bases de la menuiserie et de la ferronnerie lorsqu'elle n'était encore qu'une enfant, auprès du vieil ouvrier de ses parents. Il avait pris sa retraite il y a quelques années de cela.

Chapitre 7 : 2023

Le réveil sonna 7 heures. Emma ouvrit les yeux dans la pénombre. Elle laissa la musique aller bon train sur son téléphone sans prendre la peine de l'éteindre. Elle luttait pour ne pas se rendormir. Sa journée l'attendait et elle ne pouvait pas prendre de retard. Elle s'assit pour s'étirer et prendre une grande inspiration. Avec force, elle mit fin au chant assourdissant de son réveil. Une fois le silence revenu, on pouvait entendre les oiseaux s'adonner à leurs mélodies quotidiennes.

Emma se leva et quitta la pièce, chaudement vêtue de sa robe de chambre. Les jours raccourcissaient mais il faisait encore suffisamment jour le matin pour retrouver sa route dans les longs couloirs de la maison. L'hiver ne représentait pas la saison favorite d'Emma mais il fallait bien passer par là chaque année. Les arbres se dénudaient sans pudeur ; désormais le paysage devenait plus émacié que jamais. On parlait rarement d'automne tant le froid et la pluie prenaient leur quartier rapidement.

Heureusement, Emma s'ennuyait rarement assez pour pouvoir laisser ses pensées divaguer à la mélancolie. Elle n'avait pas encore franchi la dernière marche qu'elle entendait déjà japper dans la cuisine. Elle imaginait très bien son chien collé à la porte, trottiner sur place, sa queue fouaillant l'air à toute vitesse. Lui aussi connaissait par cœur la routine de sa maîtresse. Il savait que lorsqu'il entendait des pas dans l'escalier à ce stade de la journée, c'était signe de nourriture et de retrouvailles.

Ce chien, Emma n'était pas destinée à l'avoir. Ou peut-être que si justement. Une famille était venue séjourner plusieurs jours à la Petite Maison. Chacun de ses membres se montrait discret et n'engageait pas la conversation facilement. Ce foyer était composé des deux parents, de leurs deux enfants et d'un chien. La mère avait appris sa troisième grossesse récemment. C'est ce que la logeuse avait compris lors d'une brève et unique conversation. Elle les avait laissés tranquille. Certains voyageurs sont attirés par le calme de la campagne et il ne faut pas tenter de les déranger, au risque de récupérer une mauvaise note. Ils avaient écourté leurs vacances sans prévenir. Un matin, alors qu'il restait deux jours de réservation, elle avait remarqué que leur voiture n'était plus garée devant l'entrée de la Petite Maison. Rien d'étonnant s'ils étaient partis se balader, mais ils avaient laissé leur chien attaché à la poignée de la porte d'entrée.

« Peut-être se rendent-ils à un endroit interdit aux animaux » avait d'abord pensé Emma. Elle n'avait pas osé le détacher. La nuit était tombée, les températures se rafraîchissaient et le chien commençait à trembloter. Elle avait appelé à plusieurs reprises les locataires, sans succès.

Elle prit l'animal au château, le temps que les parents reviennent le chercher. Ils ne revinrent jamais. Ils ne répondirent plus au téléphone. Ils abandonnèrent tout simplement leur animal de compagnie. Ce chien n'avait pas un brin de vice. Il était resté couché en boule pendant de longues journées, attendant le retour de ses propriétaires. Emma avait fini par l'éduquer comme le sien et l'adopter officiellement.

Dès lors, il ne quittait plus ses semelles et la suivait en permanence. Elle aimait sa compagnie. Elle n'avait aucune idée de son prénom d'origine mais avait choisi de l'appeler Poppy. Dans un premier temps parce que le coquelicot, *poppy* en anglais, était sa fleur préférée, et parce que ce chien tout gris lui rappelait le petit singe des livres de son enfance.

Poppy accueillit sa maîtresse avec énergie et ne cessa ses petits sauts qu'après sa ration servie. Il plongea allègrement le museau dedans pour s'en goinfrer. Emma profita de cet instant de répit pour continuer sa routine matinale. Elle se servit une tasse de café, déjà prête grâce à sa machine programmable, et récupéra tous les ingrédients d'un bon petit déjeuner complet. Une fois repue, elle prit le temps de contempler le paysage qui s'offrait à elle. C'était là une partie importante de ses habitudes. Trois fenêtres de part et d'autre permettaient à la pièce de recevoir la lumière du jour, de sorte qu'en s'installant à un endroit différent, Emma pouvait profiter d'une vue distincte du matin précédent. Elle connaissait sa chance et se félicitait d'avoir pris une telle décision.

Elle fut tirée de sa rêverie par l'ombre d'une silhouette qui passait non de loin de la maison. Elle bondit et s'approcha de la fenêtre. Ce sentiment d'être observé n'était-il pas qu'une illusion ? De qui pouvait-il s'agir ?

Le tapement de quelqu'un à la porte la fit sursauter. Elle rejoignit l'entrée et découvrit Lucile, locataire arrivée hier. « Ouf, ce devait être elle la silhouette, ou son mari ». Elle ouvrit la porte sur une femme au visage rayonnant :

— Cette petite maison est sensationnelle ! C'est d'un calme, mon dieu, ça nous change de la ville, s'exclama-t-elle.

— Je suis ravie qu'elle vous plaise. Vous avez tout ce dont vous avez besoin ?

— Oui merci. Je suis désolée de vous déranger

de si bon matin mais nous nous demandions quelles promenades pourrions-nous faire ?

— Bien sûr. Je vous conseille le Moulin de Frucourt. C'est un classique, personne ne peut venir ici sans l'avoir vu au moins une fois. Il vous suffit de passer derrière le château, de prendre cette grande allée - l'allée de Frucourt- puis sur la gauche vous verrez le Moulin au loin. Il a été restauré au début des années 2000.

— Oh ! Magnifique ! Vous avez de solides connaissances des alentours.

— Je suis passionnée, répondit-elle amusée.

— Connaissez-vous autant de choses à propos de ce château... de votre famille ?

Cette question la surprit. Elle n'avait pas pour habitude que des locataires se montrent si familiers dès le premier jour. Elle reprit :

— J'ai certaines notions sur ce lieu mais j'avoue ne pas maîtriser l'intégralité de mon arbre généalogique.

— Oh c'est bien normal. J'effectue moi-même des recherches généalogiques sur ma famille. C'est un travail très enrichissant. Est-ce que ça vous ennuierait que je jette un œil à vos archives ?

— Mes archives ?

— Oui, j'ai vu sur vos publications internet

que vous disposiez d'une bibliothèque remplie de bouquins en tout genre.

L'hôte tiqua à l'idée de faire entrer des inconnus chez elle. Cette femme, bien que charmante, apparaissait un peu curieuse. Malgré cet aspect qui devait l'alerter, elle trouvait en cette femme une personnalité réconfortante, voire familière, qu'elle ne s'expliquait pas. Elle choisit de faire confiance à son instinct :

— Tout à fait, le château dispose d'une jolie bibliothèque. Si vous le souhaitez je peux vous la faire découvrir autour d'une tasse de thé cet après-midi ?

— Ce serait adorable de votre part, merci beaucoup. A tout à l'heure !

Sur ces mots, Lucile et son mari prirent congés en direction du Moulin. Il était temps pour Emma de poursuivre sa journée. L'hiver arrivait peu à peu ; elle se devait de maintenir les extérieurs en état. Il fallait ramasser les feuilles mortes et les vieilles branches malmenées par le vent. Il était également nécessaire d'entreposer à l'abri les meubles de jardin, parasols et autres matériels d'été.

On sentait que le mois d'octobre touchait à sa fin et que le 1er novembre approchait. La Toussaint se caractérisait par un temps glacial et un ciel bas, typique de la région à cette date. L'hôte espérait que les locations ne faiblissent pas, même durant la période creuse de l'hiver.

Prise par le fil de sa journée, elle ne repensa pas une seule fois à la présence d'un intrus dans la propriété.

Chapitre 8 : 1893

Plusieurs jours s'étaient écoulés depuis l'emménagement de la famille au château. Joséphine commençait à s'ennuyer fermement. Elle avait pu appréhender le parc et ses alentours dans les premiers temps mais ses parents lui avaient ordonné d'aménager sa chambre rapidement. Pour l'occuper, ils lui donnaient des tâches superflues comme la décoration des salons ou l'agencement de la bibliothèque. Elle savait que sa place était mise à l'épreuve et qu'une femme de son âge se devait d'être soit mariée, soit intelligemment occupée. Au bout d'une semaine, elle profita d'un déplacement en ville de sa mère pour s'extirper de la maison. Elle sentait un réel besoin de prendre l'air. Il faisait frais, l'hiver arrivait, mais le soleil resplendissait : une météo apparemment rare.

Joséphine chercha Zélie pour qu'elle la prépare à sortir. Elle la trouva rapidement dans un des salons, s'afférait à faire fonctionner le feu. La maison n'était pas de taille suffisante pour qu'un domestique soit assigné à une tâche. Ici, ils se devaient d'être polyvalents. Zélie proposa d'accompagner la jeune femme pour sa balade, proposition qu'elle déclina poliment. Ce refus enchanta la domestique qui semblait être happée par ses tâches quotidiennes.

Une fois dehors, Joséphine prit le chemin principal avant de dévier vers le corps de ferme. Jamais encore elle n'avait eu l'occasion de visiter cette partie du parc. Il occupait une place à l'arrière de la propriété, proche de la route. Les activités agricoles de cette métairie permettaient une autarcie du domaine en termes d'alimentation. Elles permettaient aussi à la famille d'avoir un revenu en complément du travail de Roland, tant les rendements s'avéraient bons. Le contraste se voulait frappant. Les pelouses impeccables et le silence ambiant du château laissaient place à un vacarme assourdissant.

Des ouvriers s'activaient dans tous les sens, passant autour d'elle sans même lui prêter attention. Cette intense activité lui fit tourner la tête et elle dut s'asseoir un instant. Elle reprenait tranquillement ses esprits lorsqu'une voix grave la fit sursauter :

« Bougez de là ma p'tite dame, j'ai besoin de cet outil ».

Joséphine se mit à chercher d'où provenait la voix parmi le grand nombre d'ouvriers. Elle finit par localiser l'auteur de cette remarque. La voix poursuivit: « Vous vous fichez de moi ? Voulez-vous que je vous déloge de force ? »

Paralysée dans un premier temps, elle se leva d'un bond, saisie par la violence des propos. Elle le fusilla du regard mais il ne sembla pas perturbé.

— Pardon ?
— Et bien finalement !

L'homme n'ajouta rien, se contenta de saisir l'outil avec une force déconcertante et repartit nonchalamment.

— Je ne vous permets pas !
— …
— Excusez-vous !

Il ne prit pas la peine de se retourner et lui assigna un simple signe de la main. Ce fut le geste de trop, Joséphine sentit monter un profond courroux. Elle le suivit, accéléra le pas pour rattraper sa cadence et saisir le bras de ce rustre inconnu. Il se retourna. Il avait troqué son air détaché pour un visage déformé par la colère. En serrant les dents il la menaça :

— Je vous conseille de ne jamais recommencer.
— Et je vous interdis de me parler comme vous venez de le faire.

Ils se dévisagèrent en silence, l'une particulièrement indignée et l'autre profondément irrité. L'ouvrier avait les sourcils froncés, ses yeux bleus perçants reflétaient la lumière, ou était-ce une lueur intense de colère ? Ses pupilles se dilataient sous l'effet de l'adrénaline. Ses mâchoires serrées, on pouvait observer la tension palpable qui s'en dégageait. On pouvait aussi voir ses narines se distendre, reflétant une respiration plus rapide et soulevant ses larges épaules à chaque inspiration. Son teint hâlé par le travail en plein air s'était teinté de rouge. Il dominait la jeune femme par sa hauteur mais, déterminée, elle avait planté son regard dans le sien et posé ses poings sur ses hanches. Après un moment, il reprit.

— Je ne saurais dire ce que vous faites en ces lieux mais une chose est sûre, votre place n'est pas ici. Vous gênez plus qu'autre chose et je ne m'excuserai pas de vous avoir ailloné pour faire mon travail.

— Ma famille a emménagé il y a peu. Nous sommes les nouveaux propriétaires de ce lieu. J'ai en ma possession des droits que vous ne soupçonnez pas.

— Grand bien vous fasse. Une autre raison m'aurait étonnée. Des gens s'échinent à la tâche, vous ne pouvez pas leur bloquer le passage par votre simple présence.

— Je n'importune personne, je n'ai rien fait.

— Là est peut-être le souci, vous avez pour habitude de ne rien faire de vos journées.

Joséphine fut choquée de ce discours empreint d'une fatuité déconcertante, comme s'il croyait détenir la sagesse absolue sans la moindre remise en question. Elle reprit : « Je ne vous permets pas ! » et lui de répondre : « Vous radotez Mademoiselle ». Il leva les yeux au ciel et, faisant demi-tour, repartit en ajoutant à voix basse :

— *Queu ganache.*
— Pardon ? Je ne comprends pas un traître mot de votre dialecte. La moindre des choses serait de me parler en face, quel culot !

Il tourna simplement la tête en direction de Joséphine et lui décocha un sourire moqueur qui la laissa de marbre. Il lui fallut quelques instants pour reprendre ses esprits après cette désagréable conversation. L'ouvrier était déjà reparti à ses activités, elle ne le voyait plus. Ses mains tremblaient, ses jambes flageolaient.

Lorsqu'elle put se mouvoir à nouveau, elle prit conscience que le reste des ouvriers avaient dû profiter de la débâcle. Son regard balaya l'espace mais aucun travailleur qui passait par là ne s'était arrêté une seconde. Joséphine n'avait pas pour habitude de laisser son entourage indifférent et pourtant, le monde continuait de tourner sans se soucier de sa personne. Ce sentiment ne lui plaisait pas du tout.

Elle avait d'abord eu peur d'être ridiculisée, seulement quelques jours après son arrivée, mais, face à l'indifférence générale, elle se sentait vexée.

Elle emprunta le chemin du retour. Elle ne voulait voir personne. En rentrant, Zélie découvrit la mine déconfite de sa maîtresse :

– Tout va bien Mademoiselle ?
– Oui merci Zélie. Je monte me coucher, une affreuse migraine m'indispose.
– Très bien Mademoiselle. Avez-vous besoin de quelque chose ?
– Rien du tout.

Joséphine grimpa les escaliers et se réfugia dans sa chambre. Ce n'est qu'une fois la porte fermée qu'elle s'autorisa à pleurer. Jamais encore elle n'avait eu à rencontrer de résistance dans sa vie. L'emménagement, la solitude et la dureté des gens… Autant de changements qui bousculaient sa routine, c'en était trop. Elle se laissa glisser contre le mur et s'assit, la tête enfouie dans ses bras.

Chapitre 9 : 2023

Les échanges avec Jean ou ses locataires restaient limités, de sorte que l'hôte sentait une solitude lui peser. Elle aurait aimé côtoyer davantage de personnes.

Quelques enfants avaient pris la peine de passer à Halloween pour quémander des friandises. Elle ne pensait pas qu'ils viendraient jusque-là et n'avait, par conséquent, rien préparé. Elle avait fouillé les fonds de tiroir et déçu les jeunes visiteurs dans la foulée. Décidément, elle ne se faisait pas que des amis. Peu importait, aujourd'hui la situation allait changer. Oui. Elle irait se présenter dans le village et discuter avec le voisinage.

Motivée par l'envie de bien faire, elle se rendit chez le voisin le plus proche : une vieille dame qu'elle connaissait du temps de se grands-parents et qui vendait ses œufs pour trois fois rien. Parée de son panier, elle se rendit chez elle et s'introduit par le large portail. Aussitôt, un grand chien roux fonça sur elle, aboyant à qui pouvait l'entendre. Par instinct, Poppy riposta. Il montra les dents, protégeant sa maîtresse de toute agression. En face, le corniaud fit volteface, la queue entre les jambes en braillant. La vieille dame se montra alors et gratifia l'animal d'une tape sur le museau.

« *C'est 'ti pas* fini ? Dis donc ! »

Ce n'est qu'après avoir réprimandé son chien qu'elle remarqua la présence d'une visiteuse. Méfiante de premier abord, elle reprit confiance une fois qu'Emma se fut présentée.

— Oh Emma ! Dis voir, ça fait un *chti* moment qu'on t'a pas vu.

— Oui je suis navrée, les derniers mois ont été intenses.

— C'est pas *'ben* grave, t'en fais pas. Mes condoléances pour tes grands-parents, même si c'est pas nouveau. *Oy*, ça m'a attristé *c'l'*affaire là. Des braves gens. M'enfin, on est content que t'aies repris.

— C'est gentil, merci.

— Qu'est *c'qui* t'amène ?

— J'ai pris l'initiative de me présenter officiellement aux alentours. Et ! Je suis venue chercher des œufs !

— *Que* bonne idée. Allez donc, suis-moi.

Durant de longues minutes, les deux femmes échangèrent sur les potins du village. La doyenne l'informa des derniers potins, des habitants dont il fallait se méfier, de ceux à qui on pouvait aisément faire confiance... Le rapport fut synthétique. Il ne nécessitait pas un grand dialogue, eu égard à l'étendue de la ville.

Munie de ces précieux conseils, Emma se dirigea sur la route principale. Elle salua quelques personnes qui jardinaient activement. La plupart l'accueillirent avec bienveillance, ce qui démontrait la sympathie notoire des Picards. L'artère principale sillonnait entre demeures et jardins jusqu'à former un coude pour ensuite poursuivre sa route. Au niveau de ce virage serré se trouvait la mairie. La jeune femme toqua à la porte. Par chance, quelques élus discutaient dans le hall d'entrée. Le maire participait à la conversation, soit l'occasion idéale pour la – presque –nouvelle arrivante de se présenter.

Il fut ravi de sa visite et voyait d'un très bon œil son entreprise. Selon lui, cette activité amènerait des touristes désireux de découvrir la région et de s'imprégner de l'air picard. Il lui confia ensuite ses réticences envers le projet d'hôtel qui allait bientôt ouvrir. Emma n'en avait pas entendu parler. Qu'elle ne fut pas sa surprise d'apprendre la naissance d'une réelle concurrence. Elle qui ne proposait que des gîtes proches de la nature, sans artifice, devrait lutter contre un service de luxe, basé sur la détente et le bien-être. Le maire tenta de la rassurer « vous proposez aussi détente et bien être je vous assure ! Mais vous c'est à travers la nature ».

Cet argument la convainquit à moitié. Certainement que ses prix devaient être plus attractifs, espérons que le tout joue en sa faveur. Enfin, il lui conseilla d'aller échanger avec ces nouveaux entrepreneurs :

« Un dialogue amical vous permettra peut-être de créer de bonnes relations commerciales, qui sait ? Au moins, vous n'êtes pas étrangère à la région, vous avez des racines ici. Eux ne sont que des parisiens fraîchement débarqués ».

Le maire lui tapota l'épaule et reprit le fil de la conversation des élus autour de lui. Son interlocutrice sortit de la mairie et se dirigea vers le nouvel hôtel. Il se situait aux abords de la sortie du village, au château de Citernes. Une fois arrivée devant, elle soupira de désespoir. Ce lieu dégageait une vraie magie. Étant petite, ses grands-parents l'avaient amenée à plusieurs reprises ici. À cette occasion, elle avait joué et partagé des bons moments avec les enfants qui y habitaient. Ses grands-parents connaissaient bien les propriétaires. Quelle déception de voir ce magnifique édifice, aux airs de château de princesse, ainsi cédé à des inconnus. Durant des siècles ses salons avaient dû recevoir des festivités exceptionnelles.

Une chose est sûre, le cadre allait plaire aux clients. Un large portail récemment rénové dominait l'entrée. Emma l'avait toujours connu rouillée, alors qu'aujourd'hui il étincelait. À travers on pouvait aisément voir le grand parc en herbe, parfaitement tondu, agrémenté d'une allée en son centre, impeccablement entretenue.

La façade du château se dessinait derrière, imposante, encadrée par deux tours impressionnantes. Des véhicules entraient, sortaient, des ouvriers s'activaient, le tout dans un joyeux tumulte. Emma s'engagea à pied dans l'allée et atteignit l'entrée principale. Un homme et une femme, dont on ne pouvait douter qu'ils venaient de la région parisienne, donnaient des ordres à divers corps de métier. La logeuse toqua à la porte vitrée. La femme, qui devait avoir son âge, vint à sa rencontre. Elle arborait un air sérieux, presque comme si la présence de cette visiteuse l'agaçait profondément :

— Bonjour, je suis Emma. J'habite Citernes, tout comme vous.
— Ça ne me dit rien.
— J'ai repris le château de Yonville, dans le hameau.

— Oui bien sûr, je vois mieux maintenant. Je suis Laurène et mon frère là-bas c'est François. Nous avons repris, en fratrie, cette magnifique propriété pour en faire un hôtel, plutôt luxueux.

— J'ai eu écho de cette information, c'est pour cette raison que je venais me présenter. Nous sommes finalement dans la même branche, je loue mes dépendances à l'année.

— Oui alors ici on est sur de l'hôtellerie, vous ce sont plutôt des gîtes. Mais si vous voulez. C'est très mignon en tout cas, cette petite maison, ce chalet. Très rustique.

Chaque mot sonnait faux, chaque intonation reflétait une ironie malveillante. Emma choisit de passer outre ce ton condescendant :

— Votre projet a l'air incroyable. Le parc est magnifiquement entretenu, l'intérieur a l'air neuf. C'est amusant car il m'est arrivé de venir ici à une époque où…

— *Ouais ouais*, on est pas peu fier du résultat c'est vrai.

Laurène aspirait les 'oui' avec un tel mépris qu'Emma aurait presque eu envie de la gifler.

— Avez-vous une date d'ouverture ?
— Le week-end prochain. In-croy-able.

Magique. Ça va être sensationnel. Hein François ?
François ?!

Celui-ci stoppa sa conversation pour répondre d'un air agacé : "Incroyable oui." Puis, il reprit sa discussion sans même porter lui attention. Laurène exposa ensuite de long en large les travaux de rénovation, insistant sur les prix exorbitants qui, selon elle, "n'étaient pas un problème tant le projet serait rentable". Emma quitta la propriété dégoutée par cet accueil arrogant. Elle ne voyait plus la possibilité d'une collaboration. Au départ enjouée à l'idée de converser avec le voisinage, elle rentra chez elle mécontente de ce dernier échange.

Chapitre 10 : 1893

Une activité qu'appréciait la jeune châtelaine, et qui lui permettait de s'évader chaque jour, résidait dans le fait de se promener en dehors de Yonville. À cette occasion elle arpentait les rues du village jumelées au hameau. Citernes n'arborait pas une grande superficie mais accueillait tout de même près de 500 habitants. A l'occasion de ses tours quotidiens, des regards insistants se posaient tour à tour sur elle ; tous curieux de connaître la nouvelle héritière du Château de Yonville.

Ses promenades étaient chronométrées car elle prenait soin de retrouver le coursier au croisement de la grande avenue, chaque fois qu'il passait déposer le courrier. Elle le réceptionnait alors, consultait les nouvelles puis s'en retournait au hameau transmettre les correspondances aux concernés. En triant les enveloppes, elle reconnut les traditionnelles invitations mondaines qui lui étaient destinées. Sur l'une des missives, son nom apparaissait en fines lettres manuscrites *"Mademoiselle Joséphine*

Laroche de Berney est conviée au Bal d'Automne annuel du Comte et de la Comtesse de Viclos, qui se tiendra le 31 octobre au Château de Citernes".

L'invitation avait dû se perdre ou être envoyée au dernier moment sans doute, car nous étions déjà le 28 octobre. Lorsqu'elle partagea la lettre à sa mère, celle-ci se réjouit et ne cessa de faire des éloges la famille de Viclos ainsi qu'à leur demeure.

Sa fille n'échapperait pas au bal visiblement. Elle ne put fuir non plus le programme de sa mère pour la journée, consistant à se rendre chez la modiste pour confectionner de nouvelles tenues. À vrai dire, acquérir des vêtements neufs la réjouissait et permettait d'occuper une partie de son temps.

***

La modiste avait accompli un petit miracle. En seulement quelques jours, Joséphine put créer de toute pièce plusieurs robes, dont une qu'elle porterait au Bal d'Automne et qui serait prête à temps. C'est ainsi que la jeune femme se rendit au Château de Citernes, chaperonnée par sa mère, dans une robe flambant neuve aux couleurs automnales. Ses efforts ne passèrent pas inaperçus. Cette tenue attira les regards de jeunes gens tout autant qu'elle attisa la jalousie des demoiselles. Par ces comportements, la principale concernée comprit qu'il était moins ardu à la campagne de sortir du lot, qu'en ville.

Habituellement, lorsqu'elle habitait près de Paris, sa présence passait inaperçue. Non pas que son physique repoussait qui que ce soit, mais sa réputation condescendante la précédait, au même titre que son patronyme. Alors qu'ici, seule une poignée de gens la connaissait.

À cette occasion, de nombreux prétendants se présentèrent à elle. Sa mère ne cessait de sourire et d'hocher la tête vigoureusement à chaque présentation, tel un jouet pour enfant en passe de rendre l'âme. Aucune limite d'âge ne semblait s'imposer. La taille de Paris et l'étendue de sa population permettaient de côtoyer bon nombre de jeunes gens partageant la même génération ; alors que dans cette bourgade il fallait prier pour trouver un camarade du même siècle.

Bien qu'elle ne connût pas le lieu, l'évènement paraissait être le rendez-vous mondain de l'année. Joséphine reconnut quelques visages, des connaissances qui évoluaient dans les mêmes cercles fermés. S'extirpant des griffes de sa mère, elle se réfugia auprès d'un groupe de jeunes filles dont il était aisé de penser qu'elles jouaient les tapisseries. Auprès d'elles, on pouvait sans nul doute respirer un instant. La plupart de ces demoiselles révélaient pourtant une réelle intelligence, tristement dissimulée derrière des tenues enlaidissantes et des comportements exagérément candides.

Joséphine salua le petit groupe d'un signe de tête. Sans pour autant participer aux discussions, elle prit la peine de montrer un intérêt à leur conversation. Du coin de l'œil, elle vit sa mère la chercher du regard, un quadragénaire grisonnant à ses côtés. S'obligeant à disparaître un peu plus, la fille recula jusqu'à buter sur un des invités. Elle s'excusa auprès de la jeune femme qu'elle venait de bousculer :

— Je suis confuse, veuillez m'excuser.

— Vos excuses sont acceptées, n'ayez crainte. Vous avez tout l'air d'un animal apeuré. Fuyez-vous quelque chose, ou quelqu'un ?

— Cela se devine si aisément ?

— Comme le nez au milieu de la figure. Dites-moi, qu'est ce qui peut pousser une femme si gracieuse et élégamment vêtue comme vous à se cacher ?

— Ma mère, serait-ce une réponse convenable?

— Assurément. La mienne ne prend plus la peine de m'accompagner, elle a rendu les armes.

— J'en suis navrée.

— Oh non, ne le soyez pas. Elle n'a pas rendu l'âme, juste les armes. Désormais c'est seule et triste que je rame.

La femme se mit à rire gaiement, pour finalement soupirer et ajouter :

— Ne vaut-il pas mieux en rire ?

— Je dois avouer que je ne vois, en la recherche effrénée d'un époux, aucun amusement.

— Vous avez certainement raison. Et pourtant, nous ne pouvons y réchapper. Moi-même je bénis le jour où mes noces seront célébrées. Ma vie en sera simplifiée. Malheureusement la tâche s'avère plus compliquée lorsque nos attraits ne correspondent pas aux standards de beauté.

— Je ne vois pas en quoi vous dérogez à ces normes.

— J'ai appris à cacher mes ingratitudes.

— Je trouve que vous avez un trait d'esprit remarquable.

— L'esprit n'offre ni titre, ni prestige. Encore moins de mari.

— Ce constat est désolant.

— Il faudra vous y faire. Notez que vous évoluez dans un milieu plus rustre que la ville, dont vous provenez certainement.

— Comment savez-vous ?

La jeune femme ne répondit rien et se contenta d'un sourire en coin. Un homme s'approchait du groupe. Elle le reconnut instantanément. Il évoluait dans les sphères mondaines de toute la contrée, si ce n'est de tout le pays. Sa réputation le précédait, faisant de lui un homme critiqué autant que désiré. Sa richesse le rendait attractif, qualité qu'il usait sans ménagement pour amadouer les femmes. D'ailleurs, une partie de l'assistance présente à cette soirée connaissait bien son panel de compétences. Certaines filles, peu désireuses de conserver une réputation sans défaut, se laissaient tenter par les mœurs légères de ce Marquis aux allures charismatiques. D'autres, motivées par l'espoir de devenir L'élue, perdaient leur vertu sans même qu'il ne dédaigne les remercier une fois l'affaire accomplie. À n'en pas douter, chaque invité connaissait sa réputation. Pourtant, son aisance relationnelle, son style impeccable et fort heureusement pour lui, son titre, lui permettaient de pénétrer tous les cercles bourgeois, même les plus fermés.

Joséphine avait été approchée par ce libertin, elle s'en souvenait bien. Usant de clairvoyance, elle n'avait pas flanché face à son beau-parlé. Tel n'était pas le cas de certaines de ses amies.

La jeune femme, dont elle ignorait toujours le nom, se redressa d'un air déterminé. Elle prit un air confiant, prête à recevoir le fameux Marquis de Coudertes. Pensant lui venir en aide, Joséphine l'a mis en garde :

— Méfiez-vous, cet homme partage avec les femmes bien plus que la conversation.

— Vous êtes adorable. Il est évident que j'en ai

connaissance. Toutefois mon âge et mon physique ne me permettent pas d'aspirer à un mariage parfait.

— Ne partagez-vous pas la crainte qu'il se serve de vous ? Ou qu'il toque chez d'autres femmes une fois engagé ?

— Qu'importe ? Ma vie serait tout aussi tranquille à ses côtés, loin de toute précarité. La vie est ainsi… S'il faut m'abaisser à son niveau, je m'exécuterai.

Quelle franchise. Joséphine se recula pour laisser les deux jeunes gens converser. Après quelques minutes, le Marquis saisit la taille de son interlocutrice pour l'emmener danser. Avant de disparaître dans la foule, il tourna la tête et décocha un clin d'œil entendu à Joséphine.

Écœurée de ce comportement, elle profita d'un moment de chahut pour quitter la pièce sans être vue. La maîtresse de maison s'était affolée, ameutant bon nombres des invités autour d'elle. Personne ne savait quelle mouche l'avait piqué mais cela représentait le moment parfait pour se retirer.

Chapitre 11 : 2023

Le soleil déclinait lentement à l'horizon lorsque Emma aperçut Lucile et son mari approcher de la maison. Elle leur ouvrit avant même qu'ils ne toquassent à la porte. Afin de ravir au mieux ses convives, elle avait préparé leur arrivée avec un plateau sur lequel patientaient une théière fumante et des gâteaux. Elle devait admettre que ses invités étaient particulièrement chaleureux. Le couple semblait heureux de leur séjour à Yonville.

Emma les conduisit dans la pièce que Lucile se hâtait de découvrir. La luminosité s'amenuisait peu à peu et la bibliothèque apparaissait d'autant plus féerique. Il suffisait de saisir la poignée ronde pour ouvrir les grandes portes de bois. On découvrait alors des murs recouverts d'étagères où trônaient des centaines de livres anciens, aux reliures diverses et variées. L'intégralité de la pièce était peinte en vert amande, les rideaux aux motifs colorés rehaussant la douceur de la peinture.

Sur la gauche se trouvait une cheminée en marbre blanc, un feu y crépitait. Trois fenêtres éclairaient la pièce, permettant de découvrir l'étendue du jardin et de la nature au dehors, confortablement installé dans des fauteuils.

« Cet endroit est magique ! » Lucile s'extasiait. Son mari approuva d'un signe de tête. Emma répondit par un sourire amical et déposa le plateau sur la table basse. Elle invita ensuite le couple à s'asseoir. Ils discutèrent des recherches de Lucile, du fait qu'elle avait retrouvé des lettres de son arrière-grand-père qu'elle n'a jamais connu. Ces missives, destinées à son épouse, mentionnaient à plusieurs reprises Yonville, le fait qu'il ait vécu et travaillé à cet endroit pendant de nombreuses années. Lucile avait retrouvé ces courriers en faisant un tri massif dans son grenier. Ces échanges profonds et emprunts d'un grand romantisme l'avaient touché. C'est la raison pour laquelle la jeune retraitée avait voulu en connaître davantage sur ses ancêtres.

Après cet échange, Lucile émit la demande d'aller voir de plus près les bouquins. Elle se dirigea naturellement vers la rangée la plus proche. Emma n'avait jamais cherché à trier ces livres ou même à les consulter. Ils prenaient la poussière, c'est tout. Elle admit que davantage d'investissement aurait été le bienvenu. La jeune femme accompagna Lucile dans ses investigations. Poppy de son côté les observait, couché près de la cheminée, la tête entre ses pattes. Arriva un moment où Gustave prit congé.

De longues minutes passèrent jusqu'à ce que Lucile fasse un constat :

— Ma chère Emma, est-ce que le prénom Marceau vous dit quelque chose ?

— Non du tout, pourquoi ?

— Il apparaît dans la plupart des livres que je consulte. Venez voir.

— Pensez-vous que c'est un auteur connu ?

— Je n'en ai aucune idée. Son nom apparaît en dessous des références, sur les premières pages.

— Un éditeur peut être ?

— Peut-être. C'est assez étonnant, ces livres se présentent de la même manière pour la plupart : le papier, la reliure, les couleurs. Ils n'ont pas été achetés en librairie pour sûr ! Je vais me renseigner.

— Vous me tiendrez au courant si vous trouvez des informations ?

— Naturellement ma petite Emma. Il se fait tard, je devrais probablement rentrer ou Gustave va me rouspéter. Peut-on réitérer demain ?

— Avec plaisir, venez à l'heure qu'il vous plaira, je serais forcément dans les parages.

Poppy, qui s'était endormi depuis longtemps se réveilla hagard, et rejoignit sa maîtresse. Il s'assit à ses pieds, remonta sa tête à hauteur de main pour recevoir des caresses. Emma le caressa machinalement tout en échangeant des banalités avec sa locataire. Celle-ci s'en alla quelques minutes plus tard. Avant qu'elle ne rejoigne la Petite Maison, l'hôte tenta une question :

— Lucile, auriez-vous remarqué la présence de quelqu'un dans le parc récemment ?

— Du tout. Faut-il que j'ouvre l'œil ? Est-ce inquiétant ?

— Pas le moins du monde ! J'attends simplement de la visite, mentit-elle.

***

Le lendemain, Lucile se rendit au Château dans l'après-midi. Emma de son côté se hâtait de continuer les investigations. Jusqu'à hier, il ne lui était pas venu à l'esprit que cette bibliothèque pouvait comporter de tels ouvrages. Il lui tardait d'en savoir davantage, d'autant plus que la présence familière de la retraitée l'apaisait.

— Bonjour Emma. Ce matin j'ai pu faire des recherches et en apprendre un peu plus sur les reliures. Certains livres que nous avons trouvés présentent des dates sur les premières pages. Elles oscillent entre 1890 et 1920 environ. Au XIXe et

XXe siècle l'industrie du livre ne ressemblait pas au marché que nous connaissons aujourd'hui vous imaginez bien. Il semblerait qu'un de vos ancêtres, certainement un homme de lettres, se soit pris de passion pour l'impression et la reliure. Il s'agirait de ce « *Marceau Bataille* », dont nous voyons apparaître régulièrement le nom. Il serait à l'origine de l'impressionnante collection que vous avez ici. Peut-être pouvons-nous trouver davantage d'informations dans le reste des ouvrages que nous n'avons pas encore consultés.

— C'est incroyable ce que vous avez trouvé Lucile ! Je n'étais au courant de rien.

— L'histoire, la recherche, la généalogie, c'est un cercle vertueux. Une fois qu'on est plongé dedans, on ne peut pas s'arrêter.

— Il faut être armé d'une sacrée motivation pour se lancer dans ces investigations. D'où vous vient cette inspiration ?

— À vrai dire j'espérais trouver quelques informations sur mes ancêtres. Pour moi, la famille représente tellement plus que de simples noms. Ce sont des traditions, des histoires ! Même si je ne trouve rien, vous aider à découvrir les mystères de votre famille sera tout autant une chance pour moi.

— Vous avez tout à fait raison, la famille c'est important.

Les deux femmes reprirent le fil de leurs recherches et s'installèrent en face des deux derniers pans de mur où s'alignaient d'autres livres, disposés en désordre sur les étagères. La plupart d'entre eux parlait de religion mais certains sortaient du lot en évoquant la situation géographique de tel pays, en recueillant de longs poèmes sur l'amour chaste ou encore en listant les devoirs de la bonne ménagère.

Emma se tenait sur l'échelle permettant d'accéder aux ouvrages les plus en hauteur lorsqu'elle saisit une sélection de livres identiques. Il devait s'agir d'une série car chaque tranche indiquait des chiffres différents, chronologiquement ordonnés. Intriguée, la jeune femme posa pied à terre et s'assit sur un fauteuil pour les consulter. Lucile de son côté continuait les fouilles. Il n'était pas rare que l'une ou l'autre prenne un moment de pause pour parcourir une œuvre.

Emma ouvrit le livre avec l'inscription « 1 » en chiffre romain. L'écriture manuscrite semblait ancienne mais elle restait parfaitement lisible. Elle était d'ailleurs magnifique, les lettres se dessinaient en italique, les unes après les autres, grâce à une calligraphie légère. De premier abord, Emma pensait qu'il s'agissait là d'une écriture de femme. Toutefois, elle identifia rapidement le nom de « *Marceau Bataille* » auquel s'ajoutait l'inscription « *Mémoires* ». Elle comprit rapidement que cette série de livres constituait l'intégralité des mémoires de son présumé ancêtre. Aussi fit elle part de sa découverte à Lucile. Elle se réjouissait de sa trouvaille et Poppy sentit cette énergie positive. Il s'agita, cherchant l'attention. Emma gratouilla sa petite tête grise tout en expliquant à la retraitée ce qu'elle avait découvert. Elle reposa le livre, se promettant de le consulter dans les prochains jours.

Elle ne respecta pas cet engagement. Lucile quitta la Petite Maison. Par la suite, les locations affluèrent en masse. L'hôte n'eut pas l'occasion de souffler avant le mois de janvier. La fin d'année passa d'un trait. Son frère Léopold fêtait Noël dans sa belle-famille et leurs parents les gratifièrent seulement d'un appel face time depuis leur nouveau lieu de vacances. Dans ce contexte, l'hôte décida de se concentrer sur ses clients et de redoubler d'efforts pour leur vendre la meilleure prestation. Une ambiance chaleureuse se dégageait de Yonville, faisant oublier le temps d'un séjour la solitude de sa propriétaire. Son heure de coucher ne dépassait 22 heures tant elle était éreintée, aussi bien le 24 que le 31 décembre. Il lui importait peu de célébrer des festivités seule mais beaucoup plus de soigner ses clients. Elle débuta l'année 2024 aux premières lueurs de l'aube, un café à la main et le regard perdu dans le parc givré, alors que Poppy flairait innocemment les traces de terriers dans l'herbe.

Chapitre 12 : 1893

La matinée était bien avancée, Joséphine le savait. Pourtant elle restait étendue dans son lit, sans la moindre envie de se lever. Les jours passaient et se ressemblaient. La jeune femme connaissait le risque de trop traîner. Ses parents l'attendaient au tournant car « une femme seule de son âge devait de s'adonner à des activités mondaines ». Depuis son arrivée pourtant, elle n'en ressentait pas la moindre volonté. Elle n'avait participé qu'à quelques événements, soit autant de moments qui l'avaient dégoûtée de ce milieu. Zélie fit irruption dans la pièce après avoir rapidement toqué à la porte. « Bonjour Mademoiselle, il est l'heure de se lever. Avez-vous bien dormi ? » Joséphine ne répondit pas et se contenta de grommeler des paroles inaudibles.

— Mademoiselle est de bonne humeur ce matin. Je dois m'atteler rapidement à votre préparation ou Monsieur votre père me réprimandera ! Il n'apprécie pas que vous trainiez au lit.

Joséphine se laissa faire et, en seulement quelques minutes, se voyait déjà apprêtée pour descendre petit déjeuner.

Lorsqu'elle rejoignit la salle à manger, elle vit sa mère installée avec une tasse de thé et son père semblait être sur le départ. Il arborait une nouvelle tenue de conduite, signe qu'il avait acquis une voiture neuve, pour la énième fois. Il ouvrit grand les bras en feintant de l'accueillir :

— Ma chère fille, que nous vaut l'honneur de votre venue si matinale ?

Joséphine ne releva pas la remarque et prit une profonde inspiration.

— Bonjour. C'est un nouvel ensemble ? Où trouvez-vous les moyens de vous procurer costumes et voitures chaque semaine ?

— Cela ne vous regarde absolument pas. Je m'occupe de mes affaires et vous des vôtres. Quoique ce dernier point me concerne également. Seriez-vous tombée du lit ? Ou peut-être avez-vous un agenda chargé aujourd'hui ?

— Cette moquerie est bien puérile, même pour vous, répliqua-t-elle.

Roland pinça les lèvres, piqué par le cynisme de sa fille. Il choisit de se resservir une tasse de café puis de s'installer à la table. Finalement, il n'allait nul part. L'ambiance se voulait tendue, sa femme l'observait attentivement en attendant qu'il débute la conversation :

« Joséphine, vous n'êtes pas sans savoir que nous avons emménagé ici depuis plusieurs semaines maintenant... Quoique le temps s'écoule vite lorsqu'on est dépourvu d'occupations. Vous avez laissé votre mère esseulée au Bal d'Automne, alors qu'elle s'échinait à vous trouver un prétendant convenable ».

Sa femme confirma le propos d'un signe de tête. La fille leva les yeux. Cette dernière tenta une réplique qui allait faire mouche :

— Quelle déception pour vous de savoir que je ne suis point gérontophile.

— Votre langage !

— Je ne m'excuserai pas de vouloir un époux qui n'aurait pas d'ores et déjà un pied dans la tombe !

— Cette impertinence...

— Quoi qu'il en soit, nul doute que j'aurais su m'occuper utilement aux côtés de mon frère, s'il était encore parmi nous.

Elle n'avait pas pris la peine de relever la tête en proférant cette assertion. Sa mère se tendit comme un ressort.

— Il n'est pas mort Joséphine ! hurla-t-elle.
— Cela s'apparente en tous points.

De manière théâtrale, elle releva la tête avec lenteur et planta son regard dans celui de sa mère. La maîtresse de maison fut touchée en plein cœur. Joséphine pouvait apercevoir ses paupières trembler. Son père tapota l'épaule de sa femme.

« Faites-vous une raison ma chère, votre fils n'est plus. Joséphine a le mérite d'être clairvoyante sur le sujet. Il ne l'a jamais été, ou alors que pour vous ».

Le visage de son épouse changea radicalement et prit une teinte pourpre. Elle se desserra de l'étreinte de son mari et se leva en direction du buffet. Elle feignit de se servir une tasse de thé.

Joséphine avait bel et bien un grand frère, qui malheureusement ne côtoyait plus la famille depuis longtemps. Durant son enfance et la première partie de son adolescence, Charles représentait tout pour elle. Les deux frère et sœur entretenaient une relation fusionnelle. Les relations parentales étant souvent conflictuelles, ils appréciaient partir se balader et découvrir le monde ensemble. Il lui avait appris de nombreuses choses, sur la nature notamment. Il la rendait plus calme, plus posée.

Il est vrai que Charles ne ressemblait ni à sa sœur, ni à son père. Il possédait sa propre beauté : des cheveux d'un noir de jais, et un regard ténébreux, souligné par de profonds yeux bruns ; la beauté d'un amant de passage pour lequel sa mère avait succombé des années auparavant. Lorsque Roland apprit qu'ils ne partageaient non seulement aucune affinité mais en plus aucun sang, il n'en fallut pas plus pour que le fils soit désavoué. Le jeune homme, à peine majeur, avait dû quitter le domicile familial sans un sou et sans la moindre assistance.

Joséphine ne s'était jamais remise de ce départ, de cette injustice qui la consumait toujours amèrement. Catherine aurait dû être la seule responsable de cette tromperie. La fille en avait voulu non seulement à son père pour cette cruauté, mais surtout à sa mère pour son manque de réaction. Du jour au lendemain, elle s'était retrouvée seule entre ces deux parents distants à l'affection limitée. Son frère lui manquait terriblement.

Il lui était interdit de le contacter depuis lors, ce qui constituait une véritable torture. Même si elle avait voulu le joindre, elle ne savait pas comment faire ; était-il encore dans la région, était-il en vie, avait-il une famille ? Autant de questions qui la tourmentaient jour et nuit. Il lui semblait qu'elle seule se les posait. Son père restait de marbre les peu de fois où Joséphine s'autorisait à en parler, comme s'il avait répudié un malfrat, un criminel. Sa mère ne se sentait pas à l'aise avec le sujet non plus. Quelle lâcheté.

La tension retombait peu à peu. Sa mère s'était de nouveau installée à la table du petit déjeuner. Quant à son père, il demeurait debout derrière elle mais ses traits s'étaient détendus. Après un long moment de silence, il changea de sujet, signifiant ainsi que le cas de Charles ne serait plus abordé. Il pressa encore une fois l'épaule de sa femme, simple geste qui démontrait pourtant l'étendue de son emprise sur elle.

« Catherine, je souhaite que nous abordions le sujet des projets d'avenir de Joséphine, tant qu'elle nous honore de sa présence sans se sauver ».

Ces simples paroles suffirent à Joséphine pour la sortir de la torpeur. Elle releva brusquement la tête. Sa mère hocha la sienne, sans échanger le moindre regard. Roland reprit la parole :

— Vous êtes installée désormais, vos habitudes sont faites. Malgré la persistance de nos demandes pour que vous vous adonniez aux activités de ce monde, vous vous entêtez à lambiner. Votre mère et moi avons été suffisamment patients et compréhensifs. Nous avons pris une décision pour votre avenir, la meilleure à mon sens.

— Père ! J'ai des projets je vous assure !
— Regardez-vous, écoutez-vous ma tendre enfant. Vous n'êtes pas éduquée. Encore une chose pour laquelle votre mère a échoué.

Joséphine, les yeux écarquillés de stupeur, chercha sa figure maternelle du regard. Comment sa mère pouvait-elle se laisser traiter de cette manière ? Catherine continuait de siroter sa tasse de thé sans la moindre émotion.

— Vous irez suivre des cours à l'école des arts ménagers d'Amiens.
— Vous plaisantez ? C'est hors de question.
— Il ne s'agissait pas d'une proposition. Votre admission a déjà été réglée.
— Vous me parlez d'éducation et de bonnes mœurs mais vous exigez que j'apprenne les tâches afférentes aux domestiques ?
— Votre ignorance ne fait que confirmer mes choix pour votre avenir. Les arts ménagers sont divers et variés. Il sera question d'apprendre à diriger une maison et ses résidents, à avoir une vie familiale équilibrée, à connaître les dernières technologies pour son foyer… Tout autant de connaissances dont vous aurez besoin une fois mariée.
— Vous n'avez pas le droit de diriger ma vie ainsi.

— Je suis votre père, ces droits me reviennent.

La tension commençait à monter, père et fille se tenaient debout désormais, Catherine se raidissait. Joséphine bouillonnait.

— Pour m'obliger à suivre de tels enseignements, il faudrait déjà que vous maitrisiez le sujet !
— Vous avez la maturité et l'insolence d'une fillette ma pauvre !
— Cela suffit !

Catherine s'était levée d'un bond, excédée par cet échange courroucé. Elle prit une grande inspiration. Sa voix devint redoutablement calme.

« Joséphine, votre place est réservée. Votre rentrée aura lieu dans quelques semaines ou mois tout au plus. Ce changement vous sera bénéfique, croyez-moi ».

Catherine prenait le temps de peser chacun de ses mots. Lorsqu'elle vit Joséphine entrouvrir la bouche, elle releva le menton et, sur le même ton froid, la défia du regard.

« N'envisagez même pas de riposter. Votre départ pourrait être anticipé ».

La fille n'avait jamais vu sa mère dans une telle position, de sorte qu'elle resta silencieuse. Son père, qui feignait ne pas être surpris, hocha vigoureusement la tête en signe d'acquiescement. Visiblement les parents n'avaient rien à ajouter car ils quittèrent la pièce sans un mot, laissant derrière eux une atmosphère lugubre. Joséphine s'assura d'être seule avant de verser des larmes muettes.

Chapitre 13 : 2024

Il aurait fallu des jours à Emma pour parcourir l'intégralité des mémoires de cet ancêtre supposé. De ce qu'elle avait découvert, il existait en effet de fortes chances pour qu'elle descende de sa famille. Elle avait lu les deux premiers tomes, qui comportaient à eux seuls des centaines de pages. Ces premiers volets retraçant son enfance jusqu'à ce qu'il atteigne l'âge de 30 ans.

Marceau naquit en 1865 au sein d'une famille simple mais respectable. Ses parents s'échinaient à élever 11 enfants, fratrie où il occupait la huitième place. Il s'était toujours senti noyé par la masse. Sa famille ne possédait pas beaucoup de moyens et malheureusement il fallait faire des choix.

Marceau fut donc l'enfant dont on ne s'occupe pas tellement. Lorsque ses aînés pouvaient profiter des vêtements neufs, lui se voyait octroyer leurs guenilles. Tandis que les premiers nés avaient bénéficié d'une alimentation riche et variée, lui et ses cadets se contentaient de rares repas et de plats pauvres en nutriments. Cette qualité de vie ne lui permit pas de grandir correctement, de sorte qu'il avait développé une carrure chétive et une faible musculature.

Son éducation fut par chance épargnée et il reçut les enseignements nécessaires jusqu'à l'âge de 16 ans. Il grandit et devint un jeune homme discret mais doux, développant des valeurs de partage et d'empathie. Par habitude, il ne cherchait jamais le conflit. Il dut lutter pour acquérir de nouvelles connaissances puisque ses parents ne purent pas financer la suite de ses études.

Il apprit par lui-même les bases de l'enseignement, de la pédagogie et s'instruisit longuement pour acquérir une importante culture générale. Il pouvait passer plusieurs heures dans des bibliothèques à lire des ouvrages sur l'astrologie, l'histoire, les sciences, la littérature... Pour financer ses études et ses livres, il dispensait des cours de lecture de différents niveaux, à un public allant des jeunes enfants aux retraités les plus âgés.

Lorsqu'il atteignit 20 ans, une de ses clientes de longue date lui proposa un poste de précepteur pour ses petits-enfants dont elle avait la garde. Il s'agissait de trois jeunes gens entre 9 et 14 ans. Marceau se découvrit une réelle passion pour l'enseignement.

Ces enfants l'appréciaient beaucoup. Il savait être calme et patient, répétant des consignes et des explications autant que nécessaire. Il leur inculqua la meilleure instruction qui soit. Ce poste lui permit de financer une vie confortable durant une dizaine d'années. Lorsque le dernier enfant eut atteint l'âge réglementaire et qu'il quitta le foyer, Marceau dut se séparer de ce travail. Il lui fallait en trouver un autre.

À ce stade, le tome deux se terminait. Emma en avait déjà beaucoup appris sur cet homme qu'elle estimait brave et déterminé malgré de pénibles débuts. Assise dans l'un des gros fauteuils de la bibliothèque, elle prit le temps de ressasser sa lecture. Il restait une question à laquelle les deux premiers volumes ne répondaient pas. Pourquoi les mémoires de Marceau se trouvaient à Yonville alors qu'il semblait avoir vécu dans une toute autre région ?

Poppy geignit et posa sa tête sur ses genoux. Il voulait sortir. L'occasion était parfaite d'aller voir Jean et de lui parler de ce qu'elle venait de découvrir sur sa famille. Le vieillard habitait ici depuis tellement longtemps qu'en apprendre plus lui ferait certainement plaisir.

L'hiver regagnait en vigueur, Emma le ressentit dès qu'elle posa le pied dehors. Il fallait se couvrir dans ces conditions, au risque d'être glacée en un instant par les puissantes rafales de vent. Elle avançait lentement, emmitouflée dans son écharpe, les mémoires de Marceau Bataille à la main. Poppy, qui trottinait habituellement comme un jeune chiot, préférait se mettre à l'abri du vent, derrière les jambes de sa maîtresse.

Une fois arrivés à hauteur du chalet, les deux protagonistes aperçurent Jean, affublé d'une casquette plate et d'une simple veste. Il s'adonnait à des travaux de jardinage, sans être aucunement incommodé par le souffle vigoureux des bourrasques. Comment son couvre-chef ne s'était pas envolé à la première occasion ?

Le vieil homme finit par distinguer la propriétaire des lieux et son chien. Pensant qu'ils n'étaient que de passage, il leur décocha un rapide signe de tête puis retourna à sa tâche. Emma stoppa sa marche à sa hauteur. Il feignit de ne pas la voir pour éviter toute conversation. Les discussions courtoises l'intéressaient peu.

Poppy, après avoir reniflé les parterres de fleurs nues, s'assit aux pieds d'Emma. Jean comprit qu'elle ne bougerait pas. Il se retourna alors dans sa direction et leva les yeux vers elle. Elle arborait un grand sourire, presque forcé :

– Bonjour Jean.
– M'zelle.
– Vous allez bien ?
– Ça se passe.

Il choisit de ne pas lui retourner la question, en espérant écourter la conversation. Emma sentit le malaise s'installer.

– Hum. Vous savez, j'ai peut-être découvert des trésors insoupçonnés au Château.
– Quel genre de trésors ?!
– Des livres dans la bibliothèque.

La réponse ne semblait pas l'avoir satisfait. Il utilisa sa bêche avec vigueur pour émettre un bruit volontairement sonore. Le message se voulait clair, la conversation ne l'intéressait pas. Emma poursuivit sans en tenir compte :

– Enfin bref, nous avons retrouvé les mémoires d'un ascendant qui a habité ici il y a plusieurs années. Ses derniers écrits datent de 1930 environ. Il les a écrits vers la fin de sa vie. À l'échelle de l'Histoire ce n'est pas si vieux. Peut-être le connaissez-vous de nom ?

Le vieil homme se redressa lentement, ferma les yeux et souffla bruyamment.

« Qu'est-ce que vous voulez que ça me fasse ? »

Emma fut surprise par ce ton désinvolte. Elle le savait distant mais pas grossier.

– Je ne sais pas. Je pensais simplement que de telles découvertes pouvaient vous intéresser ?
– Non. Vous m'excuserez mais j'ai du travail.
– Vous vous méprenez, ces lectures sont très enrichissantes. Elles me permettent de connaître mon patrimoine familial plus en profondeur, ce n'est pas négligeable. Le prédécesseur que j'ai découvert s'appelle Marceau.
– …
– Sa vie n'a pas dû être simple …
– Pauvre petit, ce n'est pas le seul, marmonna-t-il une nouvelle fois dans sa barbe.
– …Je ne sais pas quel lien il entretient avec Yonville, avec ma famille. J'espère le découvrir bientôt. Peut-être est-ce un arrière-grand-père ou un grand oncle. Qu'en pensez-vous ?

Un silence passa.

– Vous n'en pensez rien ?

— Je n'en ai cure de votre ascendant. Qu'est-ce que cela peut vous faire ce que j'en pense ? Peut-être que vous n'avez rien à faire mais ce n'est pas mon cas. Je vous invite à reprendre cette discussion avec quelqu'un que ça intéressera et laissez-moi tranquille !

Emma resta plantée là sans savoir quoi dire. Son chien s'était levé, surpris par l'élévation du ton. Il ne supportait pas les accès de colère et préférait se blottir auprès de sa maîtresse, le museau enfoui dans sa main. Celle-ci restait de marbre, partagée entre la déception et le ressentiment.

— Très bien, le message est passé.

L'hôte s'en alla retrouver sa maison. Son pas saccadé ne ressemblait en rien à sa lente démarche de l'aller. Elle ne voulait plus voir personne.

Jean resta également statique un instant. Au moment même où le flot impitoyable de ses paroles avait atteint Emma, il l'avait regretté.

Pour une fois, on aurait pu croire qu'un seul coup de vent aurait suffi à emporter le corps frêle du retraité. Il renifla, laissa tomber son outil. C'était faux. Il ne s'en fichait pas. Il attachait une importance, qu'il aurait voulu moindre, à cette histoire. D'autant plus qu'Emma ne semblait pas être comme ses grands-parents. Elle devait être sincèrement honnête, aux antipodes de ses ainés, habiles dans la dissimulation de la vérité.

Chapitre 14 : 1894

Zélie entra timidement dans la chambre. Rares demeuraient les occasions où la jeune domestique ne déboulait pas dans une pièce. Or, cette fois, elle savait pertinemment que la situation se montrait délicate. Elle avait vu Joséphine perdre sa joie de vivre au fil des semaines. Elle avait volontairement attendu un long moment avant d'aller aux nouvelles. Cela faisait plus de deux heures qu'elle n'entendait plus sa maîtresse.

En s'introduisant d'un pas léger, elle découvrit Joséphine assise en tailleur sur le sol, face à la fenêtre. Le froid laissait apparaître les premiers signes de l'hiver. La rosée, habituellement évaporée aux premières lueurs du jour, s'installait durablement sous forme de gel. La pelouse était sans cesse recouverte d'une couche de givre blanc.

La période de Noël avait été particulièrement difficile. Les journées se ressemblaient, apportant leur lot de pluie et de vent. Joséphine n'avait en tête que son départ pour l'école. Elle ne pouvait s'empêcher de l'anticiper et de développer une anxiété à cette idée. Bien que l'ambiance avec ses parents se voulait aussi fraîche que la brise au dehors, elle fut gâtée et reçut de nouveaux vêtements, bijoux et accessoires.

Pour le nouvel an, Roland avait su faire preuve d'une indélicatesse rare, en invitant un grand nombre de soupirants pour sa fille. La moyenne d'âge avoisinait les cinquante ans, si ce n'est plus. La jeune femme fêta l'entrée en 1894 entourée d'hommes aux chevelures grisonnantes et au rire gras. Leurs tentatives désespérées pour lui plaire, empreintes d'une infantilité malsaine, ne faisaient que démontrer l'absurdité de la situation. Prenant du recul sur cette soirée médiocre, Joséphine avait prié pour que l'année 1894 ne soit pas à l'image des festivités de la Saint Sylvestre.

La jeune femme n'avait pas dû se mouvoir depuis un moment car l'arrivée de Zélie l'obligea à tourner la tête et à détendre les muscles de son visage. Ses larmes avaient séché mais il restait de légères traces salées sur ses joues. Ses yeux piquaient, elle dut cligner des paupières à plusieurs reprises. Ses lèvres s'étaient scellées, sa bouche s'était asséchée.

Zélie le remarqua aussitôt et lui rapporta un verre d'eau. « Vous allez bien Mademoiselle ? Est-ce que je peux faire quelque chose ? »

Joséphine inspira et se tamponna doucement le nez avec un mouchoir brodé. Son regard se posa sur sa jeune femme de chambre. Les deux partageaient une vraie amitié, il ne s'agissait pas seulement d'une relation ascendante. Les larmes lui montèrent de nouveau aux yeux et, pour les contrôler, elle dirigea son regard au dehors.

— Zélie, êtes-vous heureuse ?
— Oh oui Mademoiselle, je n'ai pas à me plaindre.
— Sincèrement ?
— Bien sûr Mademoiselle. Mon travail me plait, je gagne correctement ma vie et je suis bien entourée ici. Les gens me respectent. Je ne crois pas que toutes les femmes de ma condition puissent en dire autant. Et vous Mademoiselle ?
— Me jugez-vous si je vous avoue être malheureuse comme les pierres ?
— Certainement pas. Qui suis-je pour juger Mademoiselle ? Par chez nous, les gens savent que les titres, l'argent et les grands espaces ne font pas le bonheur. Il faut bien plus que cela… même si c'est une belle contribution, je ne me fourvoie pas.

– Vous avez raison Zélie. Aujourd'hui j'ai le désagréable sentiment d'avoir tout perdu ; mon frère, mes amis, mon foyer, ma confiance…Ma liberté.

– Vous n'êtes pas enfermée voyons, pour quelle raison parlez-vous de liberté ?

– Mes parents m'envoient dans une école d'arts ménagers. Je pars dans quelques semaines.

– Par tous les cieux ! Veuillez excuser ma vulgarité mais vous allez nous quitter ?

– J'en ai bien peur. Ne vous faites pas de soucis pour votre emploi, je vais m'assurer que vous resterez bien ici.

– Je ne m'inquiète pas pour mon travail Mademoiselle, vos parents auront besoin de moi ici. Et s'il faut partir à vos côtés, je le ferai ! Je me fais du mouron pour vous, cette école ne vous convient pas du tout. Vous méritez bien mieux.

– Vous êtes gentille Zélie. Je crains toutefois que ces paroles ne suffisent pas à mes parents.

– Dieu sait que vos parents ont la tête dure, je ne m'excuserai pas de l'avoir dit.

– Je ne vous contredirai pas, soupira-t-elle.
Elle se leva et étira son dos meurtri par les heures passées au sol.

– Je vais sortir me dégourdir les jambes. Voulez-vous m'accompagner ?

— Je vous remercie mais si cela ne dérange pas Mademoiselle, j'ai encore beaucoup à faire. Il n'y a pas assez d'heures dans une journée ! Je vais préparer votre veste et votre étoffe.

Zélie avait retrouvé son énergie habituelle. Son pas délicat avait laissé place à sa démarche saccadée que sa maîtresse lui connaissait bien.

Une fois dehors, Joséphine respira l'air frais et fut ragaillardie. Il ne lui restait que quelques semaines de liberté, il fallait qu'elle trouve de quoi s'occuper. Elle entreprit une promenade autour du corps de ferme, se hasardant à observer le travail des ouvriers, tout en restant en retrait. Elle avait appris de ses erreurs.

Il régnait constamment un bruit assourdissant. Le son de ses chaussures à petits talons s'étouffait dans le vacarme. Lorsqu'elle atteignit une bâtisse blanche au toit délabré, elle réalisa que le tumulte s'était calmé. Le bâtiment, par sa construction et son orientation, s'isolait naturellement des autres.

Elle aperçut une entrée menant à l'intérieur de l'édifice. L'ouverture avoisinait un mètre soixante-dix tout au plus. Elle put tout juste passer sans baisser la tête. Une fois le pied à l'intérieur, elle se figea. Un homme, de dos, travaillait ardemment sur un établi. Il lui était impossible de ne pas reconnaître cette carrure. Quelques semaines plus tôt, elle avait dû lui faire face. À cette occasion, ce grossier personnage lui avait vivement manqué de respect.

Les jambes fixées au sol et le regard vissé sur l'ouvrier, Joséphine resta immobile de longues minutes. Il n'avait pas remarqué sa présence et restait concentré sur sa tâche. Il semblait travailler sur un morceau de bois mais elle ne pouvait pas en être certaine. Son large dos faisait barrière à sa visibilité. Il n'existait absolument aucune raison pour laquelle elle aurait dû s'avancer vers lui. Pourtant c'est ce qu'elle fit.

Elle se plaça à sa gauche, légèrement en retrait. Il ne l'avait pas encore aperçue mais, elle, distinguait clairement son visage. La pièce était sombre. La luminosité passait par quelques lucarnes encastrées dans le mur de pierre. L'établi prenait place devant une de ces ouvertures et laissait apparaître un large faisceau de lumière, lequel se reflétait sur la silhouette de l'artisan.

Son visage ruisselait de sueur, dû à la difficulté de la tâche. Les traits de sa figure tirés rappelaient leur première rencontre. Joséphine se demandait s'il lui arrivait de sourire. Ses yeux, rivés sur la pièce de bois, reflétaient sa concentration. Elle continua de détailler le corps de cet individu en passant par ses larges épaules qui saillaient sous une chemise de lin. Le vêtement, entrouvert au niveau du col, laissait apparaître la ligne nette de ses clavicules joignant des pectoraux en tension.

Pour Joséphine, les occasions de voir des individus négligés comme lui étaient rares. D'habitude elle côtoyait des jeunes gens apprêtés, prêts à tous les superflus pour se montrer sous leur meilleur profil. L'homme qu'elle avait devant elle ne paraissait pas aussi précieux, bien au contraire. Il devait se salir les mains constamment. Elle ne savait pas si cette pensée la repoussait ou l'attirait. Pendant qu'il exécutait ses gestes habiles et que son buste suivait le mouvement, ses pieds restaient, eux, bien ancrés au sol.

Elle finit par reprendre ses esprits et s'en voulut pour ce moment d'égarement. Il fallait qu'elle récupère sa lucidité. Maintenant qu'elle se trouvait là, sortir discrètement paraissait impossible. Elle tenta de reculer, posa un pied en arrière, qui cogna contre un contenant en fer forgé. Il n'en fallait pas plus pour que l'homme cesse son travail et lève la tête en sa direction. Il fut décontenancé pendant un moment, alors que Joséphine n'osait bouger ne serait-ce qu'une partie de son corps.

– Encore vous ?! Que faites-vous là, vous n'êtes pas autorisée à vagabonder autour des établis.

– Je… Je… suis confuse. Je ne faisais que me promener.

– N'existe-t-il pas de meilleurs chemins pour flâner que les allées souillées de cette ferme ?

– Je me promène où bon me semble Monsieur.

– Cessez cette feinte impertinence, la surprise due à votre présence aurait pu me blesser. Je ne manie pas une simple aiguille de couture ! Une blessure sévère est vite arrivée.

Un chagrin soudain et incontrôlable emplit Joséphine. Voyant cette sincère affliction, l'artisan se calma. Plus doucement, il lui annonça « vous devriez partir maintenant ».

Les larmes, qui menaçaient de couler, ruisselèrent sur les joues de Joséphine. Elle ne pouvait plus les contenir. L'homme semblait paniqué et ne savait pas comment réagir. Il saisit une lourde chaise, l'époussetta et la plaça derrière elle. Cette dernière se laissa tomber en reniflant bruyamment. Il reprit :

– Je suis navré. Vous faire pleurer n'était pas mon intention.

Elle sanglotait toujours.

– Je vous en prie, regardez-moi. Tout va bien je vous assure. Comment vous appelez-vous ?

Il la fixait alors qu'elle relevait la tête pour lui répondre. Leurs yeux se rencontrèrent. Il fallut à la jeune femme quelques secondes pour se détacher de son regard :

– Joséphine.
– Très bien Joséphine. Je ne voulais pas vous effrayer.

En temps normal, il aurait été choquant qu'un inconnu s'adresse à elle comme il venait de le faire. Utiliser le prénom d'une demoiselle qu'on venait de rencontrer ne se faisait pas. Pourtant, elle n'avait jamais rien ressenti d'aussi naturel que cette conversation. Cela aurait pu être une amie venue la réconforter, le ressenti était le même. Elle finit par articuler :

– C'est à moi de m'excuser, m'emporter ainsi devant vous n'est pas convenable.

– Oh, ne vous en faites pas, personne ne vous voit.

– Vous me voyez.

– Oui, c'est vrai. Mais cela ne me dérange pas.

Joséphine le remercia par un sourire. Elle se sentait bien désormais, baignée dans une atmosphère protectrice. Elle reprit ses esprits, secoua sa longue robe et s'éclaircit la voix :

– En quoi consiste votre travail Monsieur… ?

– Vous pouvez m'appeler par mon prénom. Après tout, je connais aussi le vôtre maintenant. Simon.

– Très bien Simon, que faites-vous sur cet établi ?

– Je travaille le bois, c'est ma besogne ; et une vraie passion qui plus est.

– Quel métier passionnant. Restez-vous enfermé dans cette pièce lugubre toute la journée ?

– Fort heureusement non ! Uniquement lorsque l'utilisation de certaines machines est rendue nécessaire. Il m'est possible de travailler en tout lieu, pour autant qu'il y ait du bois et des outils.

– Quelle chance détenez-vous là.

– Me charriez-vous Mademoiselle ?

— Jamais, Monsieur. J'admire réellement votre investissement. Pour votre complète information, sachez que j'ai eu l'occasion d'assimiler quelques notions lorsque j'étais enfant.

— Que Mademoiselle me pardonne mais vous n'avez vraiment pas le profil.

— Je suis une femme pleine de surprises Simon.

— Je n'en doute pas Mademoiselle.

Il avait décomposé sa phrase. Alors qu'elle résonnait encore, les deux individus se fixèrent longuement. Une tension se ressentait mais nullement conflictuelle. Joséphine prit l'initiative de briser le silence :

— Auriez-vous l'amabilité de m'apprendre ?
— Plaît-il ?
— Oui, vous m'avez entendu. Enseignez-moi les rudiments de votre métier. J'ai à cœur d'en connaître davantage. À moins que vous ne soyez hâté par une quelconque échéance ?

— Ma foi, il est possible de dégager un peu de temps pour cette requête inhabituelle.

Simon déplaça quelques outils et saisit un rondin qu'il plaça sur son plan de travail. Elle ajouta :

– Vous êtes bien plus affable que lors de notre première rencontre.

Il esquissa un rire, tout en continuant de déblayer l'établi. Finalement, il se contenta d'adresser à son interlocutrice un sourire bienveillant.

Chapitre 15 : 2024

La saison se voulait propice aux vents violents. Il arrivait souvent que des bourrasques secouent la propriété, malmènent la végétation et menacent la maison de tout emporter. Ce jour-là, ce fut une tempête impressionnante qui s'abattit sur la région. Les riverains savaient qu'il fallait protéger les décorations extérieures et fermer les volets, au risque qu'ils ne disparaissent.

Emma ne faisait pas exception à la règle. Depuis toute petite, elle avait vu ses grands-parents œuvrer pour préserver la propriété, que ce soit le Château, les dépendances ou le parc. Toute la journée durant, elle mit à l'abri le mobilier, débarrassa les outils de jardinage et prit soin de verrouiller les huisseries.

Lorsque le vent se leva pour de bon, elle s'installa dans la bibliothèque avec une tasse de thé et un tome des mémoires de Marceau.

Chaque segment de la maison craquait sous l'effet de la tempête. Poppy, effrayé par les rafales, se mettait à l'abri sous le fauteuil de sa maîtresse. En général, il finissait par s'endormir pour se réveiller bien après, une fois le calme revenu.

Les heures passèrent, la nuit était tombée depuis longtemps. Emma ne s'inquiétait pas de sentir de l'air passer, même à travers les volets fermés. Sans surprise, la maison montrait des signes de vieillesse depuis longtemps. On pouvait entendre siffler le vent. Il devait atteindre les 100 km/h en rafales.

Le craquement des arbres se faisait plus puissant, jusqu'au moment où on entendit un grand bruit. Il aurait pu se confondre avec les autres mais quelque chose n'allait pas. Poppy l'avait senti car il s'était levé et décrivait machinalement des cercles dans la pièce. La queue entre les jambes, il ne cessait de gémir. Ce comportement particulier alerta Emma. Son chien pouvait se montrer peureux mais jamais il n'adoptait pareille attitude. Il finit par se ruer vers la porte pour gratter. Sa maîtresse lui ouvrit. Aussitôt, l'animal se plaça devant l'entrée et jappa.

Emma comprit qu'il y avait réellement un problème. Sortir par ce temps, sans lumière, semblait une très mauvaise idée. Toutefois il fallait réfléchir vite. Portée par l'adrénaline et la conviction que son chien n'agissait pas sans raison, elle prit la décision d'aller voir ce qu'il se tramait au dehors. Elle saisit la laisse de Poppy, accrochée sur une patère, la fixa à son harnais et ouvrit la porte. Immédiatement, une bourrasque pénétra dans l'entrée. Surprise par cette puissance, la jeune femme chancela et dû s'accrocher pour ne pas perdre l'équilibre.

Son chien l'entraîna dans la nuit en tirant sur la longe. En réalité, elle ne savait pas ce qu'il s'était passé ni où aller. Il fallait faire confiance à son fidèle ami et se laisser guider. L'animal avait l'air sûr de lui. Malgré les rafales et les branchages qui, emportés par le vent, lui fouettaient le visage, elle parvint à suivre le chemin tracé par son chien. Cette cavalcade l'emmena directement devant le Chalet. La noirceur de la nuit l'empêchait de voir clair, d'autant plus qu'elle devait placer son bras devant son visage pour se protéger. Dans un premier temps, elle ne vit donc pas les dégâts.

Ce n'est que quand Poppy stoppa sa course qu'elle s'autorisa à observer son environnement. Lorsque son regard se posa au loin, elle découvrit avec stupeur qu'un des arbres les plus hauts du parc s'était fendu puis fracturé au niveau du fût. Le bruit qu'ils avaient entendu était en fait le fracas de cet arbre s'écrasant sur le sol. Elle n'eut pas le temps de s'affoler car elle perçut non loin de là des cris, et Poppy de se jeter à nouveau dans une course effrénée. Emma se laissa traîner en essayant de suivre la cadence. Son chien l'emmena au niveau du poulailler qui occupait la pelouse à l'arrière du Chalet.

En vérité, le conifère ne s'était pas abattu sur le sol mais sur l'édifice en bois qui recueillait il y a encore quelques heures des poules. Désormais le poulailler était en miettes. Emma aperçut des volailles affolées s'enfuir par tous moyens, caquetant comme des furies. Elle fut soulagée de voir qu'aucune n'avait dû être broyée par le poids massif de l'arbre.

Rapidement, elle prit conscience que le tumulte ne provenait pas uniquement des poules mais bien de la détresse d'un être humain. Avec l'aide de son chien, elle sillonna les alentours, cherchant la provenance de ces hurlements. Les deux finirent par trouver la source. Jean était allongé là, en grande difficulté. Sa jambe droite se trouvait coincée sous une branche imposante. Ils n'eurent pas besoin de s'exprimer. Emma monopolisa toutes ses forces pour soulever l'obstacle mais ce ne fut pas suffisant. Il ne manquait toutefois pas grand-chose. L'idée lui vint d'accrocher la laisse fixée au harnais de Poppy à la branche. A deux ils pourraient multiplier leur force.

Emma encouragea l'animal à tirer, alors qu'elle s'échinait à soulever l'embûche. Finalement, ils réussirent à dégager l'entrave. Elle décrocha son chien et s'approcha de Jean pour constater les dégâts. Il gémissait sans pouvoir articuler un mot. Ses gestes montraient que son haut du corps ne présentait aucune blessure mais que sa jambe était sévèrement touchée. Le vieil homme, bien qu'assez rachitique, pesait son poids. L'adrénaline permit à Emma de le redresser et de le faire reposer sur sa jambe valide. Il fut ensuite capable de se mettre debout et, tous deux, s'en allèrent vers la repasserie, suivis de près par Poppy.

Une fois la porte du sas passée, il était plus facile de se déplacer. Le vent ne menaçait plus le fragile équilibre du binôme. L'ascension de l'escalier fut laborieuse, tant la jambe de Jean le gênait dans ses mouvements. Il faut dire qu'elle ne semblait pas avoir sa place habituelle sur son corps. Aucune porte ni aucun accès du logement n'apparaissaient verrouillés, ce qui facilita l'acheminement du vieillard. La jeune femme le déposa délicatement sur une chaise.

Outre sa mâchoire serrée, il ne manifestait aucun signe de douleur. Pourtant, lorsqu'elle regarda l'état de la jambe abîmée, elle fut prise d'un haut-le-cœur.

Le tronc de l'arbre avait atteint de plein fouet le tibia, de sorte qu'on pouvait nettement voir la fracture ouverte. Une partie du mollet comportait une large entaille d'où le sang affluait. Emma récupéra son téléphone dans sa poche arrière et composa le numéro des urgences. Rapidement, elle leur exposa les faits et leur indiqua l'adresse. Une fois l'appel terminé, elle tenta de rassurer son voisin :

— Ne vous en faites pas, les pompiers arrivent. Ils m'ont donné quelques conseils afin de vous prodiguer les premiers soins pour votre blessure.

Il ne répondait pas mais elle n'en attendait pas moins. D'un coup sec, elle tira la nappe qui trônait sur une table et la noua autour de la jambe. Elle prit soin d'effectuer ce geste avec une grande délicatesse pour éviter un regain de
douleur. Il fallait stopper l'écoulement du sang, ou bien l'homme perdrait conscience rapidement. Malgré le froid ambiant, il suait à grosses gouttes. Une fois sa tâche accomplie, elle s'assura qu'il demeurait lucide. Il ne laissa planer aucun doute sur le sujet lorsqu'il ordonna :

— Allez me chercher un godet de gnôle vous serez gentille.

D'un geste fébrile, il lui indiqua un placard aux portes vitrées où s'empilaient verres et spiritueux en tout genre. Sans réfléchir, elle saisit la première bouteille qui lui venait, ainsi qu'une tasse en fer blanc.

Jean récupéra la boisson qui datait certainement d'un autre siècle. D'une main habile, il versa une portion d'alcool dans la tasse.

— Vous avez raison, l'alcool va permettre de désinfecter...

Elle ne finit pas sa phrase. Il avait, d'un coup franc, ingurgité l'intégralité du breuvage.

— Oh je vois. D'accord. C'est euh... Chacun ses méthodes.

Un silence régnait à présent dans la pièce faiblement éclairée. Il ne semblait être oppressant que pour Emma car Jean fermait les yeux à présent, la tête lourdement posée sur le dossier de la chaise. Elle tenta la conversation mais vit par la fenêtre se rapprocher des gyrophares. Sauvée par le gong, elle bondit de son siège pour aller leur indiquer leur position : « Les pompiers sont là Jean. Je vais leur montrer le chemin, ne bougez pas ».

À l'évocation de cette consigne, il ouvrit les yeux, souleva un sourcil broussailleux et pointa sa jambe. En effet, cette directive n'avait aucun sens.

Les secours agirent avec efficacité. Après avoir rapidement étudié la situation, ils revinrent avec un brancard. Jean fut allongé sur la civière puis transporté au camion. L'habileté des pompiers était remarquable au regard de l'exiguïté de la cage d'escalier. Poppy trottinait derrière eux, à bonne distance, impressionné par le spectacle. Le vent soufflait encore mais les secouristes semblaient inébranlables.

Une fois la porte du véhicule refermée, Emma confia ses craintes. Un membre de l'équipe lui répondit calmement :

— Ne vous inquiétez pas, nous l'avons récupéré à temps. Il subira une opération et se verra poser un plâtre. Il pourra ensuite rentrer chez lui. Mettez-vous à l'abri Madame, pour éviter d'autres incidents.

Sur ces mots, il rentra à l'avant du camion qui partit à la seconde. Les gyrophares ne cessaient de tournoyer, faisant apparaître des faisceaux lumineux dans la nuit noire. En un instant, le tumulte des secouristes avait laissé place au silence de la pénombre. On n'entendait plus que le bruissement des feuilles, accompagné par le hululement d'un hibou solitaire.

Maintenant qu'elle savait le vieil homme parti, Emma se sentait démunie. Il ne quittait jamais son domicile, il faisait partie intégrante de cette propriété. Elle avait beau ne pas le croiser souvent, elle savait qu'il était quelque part. Aujourd'hui, il n'y avait qu'elle et son fidèle ami. Poppy sentit sa détresse, s'approcha de sa maîtresse et fourra son museau dans sa main, comme à son habitude.

Chapitre 16 : 1894

L'ambiance au petit déjeuner avait nettement changé. Il est vrai que depuis l'annonce du départ de Joséphine à l'école des arts ménagers, les relations avec ses parents ne faisaient qu'empirer. Elle s'arrangeait pour descendre après que ses parents aient quitté la salle à manger. Lorsqu'elle n'y parvenait pas et que la confrontation se voulait obligatoire, ses parents pressaient le pas pour déguerpir aussitôt, le tout dans une atmosphère tendue. Les échanges se limitaient désormais à de simples formules de politesse. La fille avait bien tenté de sortir davantage, de participer aux événements organisés dans la région : déjeuner, après-midi jeux, soirées en compagnie de la Haute. Tout autant de besognes qui ne la réjouissaient que très peu. Gagnée par un regain d'espoir, sa mère lui avait présenté bon nombre d'hommes. Au fil des semaines, chacun d'entre eux lui apparaissait plus insipide que le précédent.

Ce matin elle rayonnait mais continuait de faire profil bas devant ses parents, en leur lançant des regards assassins. En réalité, elle ne pouvait s'empêcher de sourire. Son père nota ce changement d'attitude :

– Vous êtes drôlement guillerette ce matin, ce qui est pour le moins étonnant. L'approche de votre départ pour l'école vous réjouit autant ?
– L'idée de partir loin de vos remontrances constitue toujours un réel bonheur cher père.

Roland, bien qu'habitué aux remarques cinglantes de sa fille, tiquait toujours lorsqu'elle usait d'un tel cynisme. Il prit une profonde inspiration pour garder son calme. Entrer dans le jeu de sa fille ne constituait en rien une idée brillante.

« Ne me tentez pas. Je ne suis pas certain qu'un départ prématuré vous ferait plaisir ».

Joséphine savait son père capable d'une telle chose. Par conséquent, elle resta muette. Catherine, comme à son habitude, gardait une posture de retrait. Peu importait à la jeune fille puisque ses pensées s'orientaient ailleurs.

Depuis quelques jours, voire quelques semaines maintenant, elle avait pris l'habitude de rejoindre Simon pour son cours hebdomadaire. Bourru dans les premiers temps, Joséphine avait bien remarqué qu'il s'agissait seulement d'un apparat. Cet homme se montrait en réalité d'une rare douceur ; patient lorsqu'elle éprouvait de difficultés pour certaines tâches et pédagogue dans sa manière d'enseigner. Leur relation évoluait peu à peu, devenant une réelle amitié.

Vue de l'extérieur, cette collaboration aurait choqué leur entourage respectif. Malgré tout, ils ne la percevaient pas ainsi. Tout était naturel entre eux. Elle s'amusait beaucoup, sensation dont elle avait cruellement besoin ces derniers temps. En échange, elle lui prêtait des livres et lui enseignait quelques bases qu'il n'avait pas eu la chance d'acquérir à l'occasion d'une vaine poursuite d'études.

Le cœur léger, elle alla explorer des chemins plus éloignés de la propriété. En temps normal, elle se contentait d'emprunter les sentiers dans le parc et aux alentours. Aujourd'hui, elle voulait voir autre chose. Comme d'habitude, Zélie prépara ses affaires pour sortir. Dehors, l'air s'était réchauffé. Le printemps, bien installé déjà, laissait apparaître de nouveau les feuilles sur les arbres, les bourgeons des fleurs, les insectes pollinisant les plantes par ci par là.

Joséphine emprunta une allée encadrée par de majestueux marronniers. Elle terminait rarement cette promenade mais aujourd'hui, elle poursuivrait son chemin. En dépassant le seuil de l'allée qui délimitait sa fin, elle découvrit d'innombrables champs à l'horizon, traversés ici et là par des chemins. En posant son regard au loin, elle aperçut un bâtiment à la forme inhabituelle. Il lui fallut quelques minutes pour le rejoindre.

En s'approchant, elle constata qu'il s'agissait d'un moulin. Arrivée au pied de l'édifice, elle put lire « *1641* » sur la façade. Il avait subi les ravages du temps. Ses ailes ne ressemblaient qu'à des morceaux de bois et le toit qui, autrefois devait tourner par la force du vent, percé d'un cratère en son milieu. Quel dommage que ce moulin ne fût pas entretenu. Elle aurait aimé le voir actif.

Elle fit le tour du bâtiment pour s'arrêter sur le sentier, en face de l'entrée principale. La jeune femme se perdit dans ses réflexions. Le vent soufflait plus intensément ici, si bien qu'elle n'entendit pas une calèche arriver. Elle fut prise d'un sursaut lorsque le véhicule s'arrêta à sa hauteur. En effet, elle bloquait le passage. L'homme qui tenait les rênes la questionna « Êtes-vous égarée Mademoiselle ? »

Éblouie par le soleil, elle dut faire quelques pas pour mieux voir son interlocuteur. Une fois qu'elle put l'identifier clairement, son cœur cessa de battre. L'homme assis sur la calèche réalisa à son tour : « Joséphine ? »

Stupéfaite par la scène qui se jouait devant elle, Joséphine se contenta de demander :

— Charles ?
— Oui, c'est moi. Je... Que fais-tu ici ?

Le cocher descendit de son siège et aiguilla ses chevaux vers l'herbe où ils purent se repaître. La jeune femme restait toujours fixée à la même place, ne sachant comment réagir. Elle réussit simplement à articuler la première chose qui lui vint à l'esprit :

— Personne ne voyage dans cette calèche ?
— Non, j'ai déposé mes clients à Frucourt. Je n'en reviens pas de te voir ici !

Il s'approcha de sa sœur, qu'il ne pensait jamais retrouver après des années de séparation, et la serra dans ses bras. Une sensation familière emplit Joséphine qui accueillit cette étreinte avec émoi. Elle reconnut instantanément la carrure de son frère, bien qu'il soit devenu un homme. Ils restèrent ainsi pendant quelques secondes puis Charles se recula pour l'observer plus longuement. Il avait posé ses mains sur les épaules de Joséphine, laquelle maintenait les bras de son frère, de peur qu'il ne reparte aussitôt. Il entama la discussion le premier :

— Tu as tellement grandi Jojo ! Une vraie demoiselle.

— Je peux affirmer la même chose pour toi, tu es immense.

— Et oui, ma croissance ne s'est pas arrêtée lorsque mère et père m'ont fichu à la porte.

À l'évocation de ce souvenir, elle grimaça. Lui souriait autant que ses commissures le permettaient. Revoir sa sœur semblait impossible. Il avait fait le deuil de cette idée.

— Que fais-tu là ? M'as-tu traqué jusqu'ici ? J'en serais honoré.

— J'aurais bien aimé... Mais après ton départ, papa relisait chacune de mes missives. Il prenait un soin particulier à vérifier que je ne rentrais en contact avec aucune de tes connaissances. Nous avons emménagé il y a peu pour le travail de papa. Il ne cessait de répéter qu'il s'agissait d'une occasion rare et qu'il la méritait. Et toi ? Vis-tu ici ?

— Pas exactement. J'habite Abbeville, une ville située à une heure et demie en attelage environ.

— C'est incroyable ! Le destin nous a mis sur ta route Charles.

La brise s'étant intensifiée, ils décidèrent de s'installer dans la calèche. Les chevaux continuaient à brouter tranquillement.

— Je veux connaître tous les détails ! Raconte-moi ce que tu deviens Charlie.
— Très bien. Je vais essayer d'être synthétique, mes supérieurs vont finir par remarquer mon absence.

Il s'installa plus confortablement au fond de la banquette et poursuivit :
« Lorsque notre père m'a commandé de quitter la maison, je n'avais pas d'autres choix que de m'exécuter. Il m'a donné quelques pièces avec la consigne de partir le plus loin possible et de ne jamais revenir. Il était menaçant. Je ne vais pas te mentir Jojo, j'étais effrayé. J'ai marché longuement jusqu'à la grande ville la plus proche. De là j'ai prié quelques nomades de bien vouloir me prendre avec eux pour voyager. La route fut longue, je n'avais aucune idée de la destination. Finalement, j'ai atteint Pont-Remy où des habitants m'ont conseillé de marcher jusqu'à Abbeville. Le commerce était florissant, il s'agissait de la plus grande ville aux alentours. J'étais épuisé, il ne

me restait à peine de quoi me nourrir pour la journée. J'errais dans la ville, les riverains me prenant pour un mendiant. J'ai fini par me reposer plusieurs heures sur un banc, proche de l'hôtel de ville. En ouvrant les yeux, j'ai découvert un panneau d'affichage où s'amoncelaient diverses annonces. L'une d'elle a attiré mon attention. Il s'agissait d'une offre d'emploi de cocher. Tu te souviens à quel point j'étais à l'aise avec les chevaux ? Je me suis dit que ce poste était fait pour moi et me suis rendu sur les lieux, à Mareuil-Caubert ».

Il s'arrêta un instant pour prendre une longue inspiration.

« Je travaille pour Monsieur Filibert, un grand entrepreneur. Sa propriété comporte un immense corps de ferme avec des dizaines de chevaux et plusieurs voitures d'attelage. Au départ, il m'a confié la conduite des attelages à un seul cheval. J'emmenais de simples riverains pour de courts trajets. J'ai rapidement fait mes preuves. Désormais je peux manier n'importe quel véhicule et il m'arrive de transporter des gens importants. Une équipe de superviseurs veillent au grain. Ils ne sont pas commodes tu sais... Mais je gagne convenablement ma vie ».

Joséphine observait son frère avec attention et buvait ses paroles. Il avait dû subir bien des tracas. La faute revenait entièrement à leurs parents. Elle fut prise d'un sentiment de haine et de colère encore plus puissant. Charles reprit, le regard orienté sur le paysage extérieur. Un sourire se dessinait à présent sur son visage :

« Et puis un jour, alors que je revenais du travail, j'ai rencontré cette jeune femme. Elle m'a laissé sans voix à la seconde où je l'ai aperçue. Elle transportait de lourds bidons de lait. En gentleman je lui ai proposé mon aide et nous avons discuté longuement. Ses parents dirigent la laiterie d'Abbeville. Elle ne se plaint jamais, c'est une femme incroyable et d'une douceur inégalée. Oh Joséphine, tu l'apprécierais beaucoup, c'est certain. Nous nous sommes mariés quelques mois plus tard. Nous avons un jeune garçon, Pierre. Rose attend le deuxième ».

L'idée que son frère se porte bien et qu'il eut réussi à se construire une nouvelle vie la réjouissait. Quel dommage d'avoir loupé tous ces moment importants. Elle était devenue tante sans le savoir ! Elle saisit la main de son frère et la pressa dans la sienne :

— Je suis sincèrement heureuse pour toi Charlie. Tu as l'air épanoui. J'aimerais beaucoup rencontrer ta famille. J'ai un neveu c'est merveilleux !

— Merci beaucoup. C'est avec plaisir que je te les présenterai mais la situation se veut délicate en ce moment. Pierre est tombé malade. Il a toujours eu une constitution fragile, cette affection ne nous alarme pas. Qui plus est, l'état de notre habitation se déprécie, l'humidité y est constante. Notre petit Pierre a du mal à guérir. Lorsque son état se sera amélioré, j'organiserai une rencontre. Cette idée me réjouit, j'ai hâte !

— Je suis désolée pour ton fils, je prierai pour lui et pour ta famille. Il me tarde que tout puisse rentrer dans l'ordre.

Charles sortit de sa poche une vieille montre à gousset, brisée en son milieu.

— Oh, l'heure tourne ! Je dois me sauver ou on me réprimandera sévèrement !

Il bondit de son siège et enjamba les quelques marches menant au sol, puis aida sa sœur à descendre. Paniquée à l'idée de ne plus le revoir, elle demanda :

— Quand puis-je te revoir ? Dis-moi que nous n'attendrons pas encore une décennie ?
— Je passerai par ce chemin la semaine prochaine, même jour, même heure, je te le promets.
— J'y serai.

Charles déjà installé à son poste, fit claquer les rênes de son attelage. Le convoi s'éloigna, sous les yeux de Joséphine, priant de le revoir au plus vite.

Chapitre 17 : 2024

La tempête avait cessé au petit matin, mais son passage avait laissé des traces. Emma était allée se coucher après le départ des pompiers, aux alentours de 2 heures du matin. Le sommeil ne venait pas, elle s'inquiétait pour son voisin. Elle finit par s'endormir, ne se réveillant que tard dans la matinée. Elle avait laissé la sonnerie de son téléphone activée, au cas où l'hôpital aurait besoin de la contacter. Il fallait se presser, faire un tour du domaine pour s'assurer que les rafales n'avaient pas tout emporté. Ses grands-parents opéraient cette vérification à chaque lendemain de tempête. Ils savaient que le moindre dégât pouvait coûter cher et qu'il fallait prévenir les assurances au plus vite.

Elle enfila des vêtements de manière aléatoire, dévala l'escalier, récupéra son manteau et ses bottes puis rejoignit le vestibule. Son chien l'attendait avec impatience, trépignant pour avoir sa ration. Une fois qu'il fut servi, elle activa la machine à café et mordit dans un bout de pain qui trainait là. Son anxiété augmentait à mesure qu'elle observait le jardin par la fenêtre. Des branchages recouvraient toutes les pelouses. Dès son réveil, Emma avait fait un rapide tour de la maison, pour vérifier si les fenêtres se maintenaient dans leurs gonds et si le puits de lumière n'avait subi aucune dégradation Tout était en ordre. Si des dégâts devaient exister, ils demeuraient à l'extérieur du Château.

Une fois que son chien eut englouti sa portion, elle ne prit pas la peine de finir son petit déjeuner et quitta la maison, Poppy la suivant de près. Le jardin était dévasté. Les branches dénudées des arbres se dressaient tordues vers le ciel, témoignant de la force impitoyable des vents. Les premières feuilles du printemps jonchaient le sol comme des témoins silencieux de la violence des bourrasques. Les buissons, auparavant entretenus avec soin, étaient désormais déformés, les ravages de la tempête ayant laissé derrière eux une toile de destruction.

Par instinct, elle se dirigea vers l'endroit où Jean avait été retrouvé la veille. Quelques poules traînaient autour de leur ancienne habitation. Il ne restait plus que des débris de bois et de tôles. Cet unique et immense séquoia, qui dominait le parc et faisait la fierté de ses grands-parents et des générations antérieures s'était échoué sur la pelouse. Il avait emporté sur son passage une partie de la toiture du Chalet et l'intégralité des grillages attenants.

De l'autre côté, on pouvait voir qu'une partie des clôtures enfermant les pâtures s'était aussi envolée. Elles barraient le passage à quiconque voulait s'engager vers la propriété. Par chance, les beaux jours et les vaches occupant les pâturages ne seraient pas là avant plusieurs semaines.

Emma, démunie, ne savait comment réparer les dommages causés. Son affliction ne dura qu'un temps car son téléphone se mit à sonner. Pensant qu'il s'agissait de l'hôpital, elle répondit presque immédiatement : « - Allô ?

- Oui Emma, c'est moi. Tu as l'air paniqué, tout va bien ?

Son frère se tenait à l'autre bout du fil.

– Ah, salut Léopold. Oui ça va, enfin... Une tempête assez violente a traversé la région hier. Le parc a subi quelques dégâts.

– Justement, j'allais te demander de me détailler tout cela.

Depuis qu'Emma avait décidé de reprendre la maison, notamment grâce à l'aide de son frère, celui-ci se montrait plutôt absent. Il passait de temps en temps mais ses entrevues se comptaient sur les doigts d'une main. Il voyait Yonville plus comme un investissement immobilier que la reprise du patrimoine familial. Cette situation désolait sa sœur qui espérait que, peut-être cette fois, il proposerait de venir l'aider à débarrasser les vestiges de la tempête.

— Écoute ce n'est pas joli à voir. Le grand sequoia est tombé. Jean a été sévèrement blessé et emmené à l'hôpital hier.

— Qui ça ?

— Jean, le locataire de la repasserie.

— Attends, je parle de dégâts matériels là. Le vieux d'en face ce n'est pas mon problème. As-tu contacté quelqu'un pour débarrasser le parc de tout ça ? As-tu demandé à des artisans de venir réparer la toiture du Chalet ?

— Non. Je n'ai pas eu le temps avec les événements récents...

— Tu vois Emma, c'est là que tu commets des erreurs c'est dommage. Dans des situations comme celles-ci, il faut réagir rapidement, prendre les choses en main. Tu aurais déjà dû contacter des professionnels. As-tu déclaré le sinistre auprès de l'assurance ?

— Non pas encore, je...

— Aïe aïe aïe Emma. Tu as cinq jours pour le faire ! Ne traîne pas. J'ai investi dans cette maison, j'ai pris des risques.

— À vrai dire je pensais que tu viendrais m'aider. C'est aussi ton « investissement » comme tu dis.

— Oh écoute ce n'est pas très malin de ta part. Tu sais très bien que je bosse d'arrache-pied.

— Je demande simplement du soutien et tu …

— Tu sais quoi ? Je vais me dégager du temps et te rédiger une liste des tâches prioritaires à effectuer, ça te sera utile. J'ai l'impression que tu te noies dans un verre d'eau Emma. Il ne fallait pas reprendre la maison si tu ne t'en sentais pas capable.

— C'est une plaisanterie ? Franchement, tu devrais essayer de garder tes pensées pour toi, elles sont plus en sécurité là-bas.

La sœur raccrocha au nez de son frère, hors d'elle. De quel droit pouvait-il la traiter ainsi ? Comment pouvait-il faire preuve d'autant d'indifférence ? Qu'il ne tente pas de la rappeler, elle saura l'accueillir comme il se doit.

***

Emma engagea son véhicule dans le parking bondé de l'hôpital. Après quelques tours, elle finit par trouver une place et s'y engouffra. Le milieu hospitalier ne lui était pas familier. Malgré les consignes dispensées par l'hôtesse d'accueil, elle dû chercher son chemin pendant un temps. Finalement, elle atteignit le service traumatologie et la chambre 301 où logeait provisoirement son voisin. Toquant doucement à la porte, elle attendit une réponse. Par-delà la cloison, le vieil homme répondit calmement "oui".

La jeune femme pénétra dans la chambre largement éclairée par une grande vitre. Jean observait le paysage par la fenêtre ouverte, bien différent de la nature qu'il connaissait à Yonville. Il tourna la tête en direction de l'entrée. Ses traits se durcirent, il semblait déçu par sa présence.

– Oh... je pensais que c'était l'infirmier.

Jean dirigea de nouveau son regard vers l'extérieur. Sa voisine fit mine de ne pas avoir entendu.

– Bonjour Jean. Je suis passée voir comment vous allez.

– Vous n'étiez pas obligée, tout va bien.

Le plâtre fixé à sa jambe et la pile de médicaments posée sur la table de chevet indiquaient le contraire.

— Non, ça me fait plaisir.

Jean répondit par un petit rire ironique et ne prit pas la peine de la regarder. Cette attitude blessa sa voisine qui n'avait fait que lui rendre service. Elle tenta une dernière fois :

— Quand vous serez rentré chez vous, vous rencontrerez des difficultés à effectuer certaines tâches. Je pourrais m'occuper de vos soins.
— Arrêtez avec votre vaine pitié. Je n'ai besoin de personne.

Elle ne pensait pas mériter ces paroles cruelles, alors même qu'elle offrait encore son aide. Ne prenant pas la peine de répondre, elle tourna les talons pour sortir mais un infirmier rentra dans la pièce et la salua « Bonjour Madame, Bonjour Jean, comment allez-vous ? »
Elle s'attendait à une réponse froide et distante mais à sa grande surprise, il répliqua d'un ton enjoué :

- Bonjour. Ma jambe picote un peu mais rien de terrible.
- Tiens, c'est surprenant ! Vous avez le droit, que dis-je, l'honneur d'avoir une réponse courtoise vous.

- M'sieur Jean n'est pas gentil avec vous ? interrogea l'infirmier amusé.
- Disons que j'ai rarement le droit à une conversation agréable.

Après qu'Emma se soit présentée puis expliqué la situation, l'infirmier s'approcha de Jean pour remettre de l'ordre dans ses couvertures et lui dit à demi-mots, assez fort pour que sa voisine puisse entendre :

« Vous savez Jean, la femme que vous avez devant vous a sauvé votre peau. Sans elle, vous seriez resté coincé dans cette tempête et qui sait ce que le sort vous aurait réservé. En plus de ça, elle vient vous rendre visite. Je peux vous présenter à bien d'autres patients qui n'ont pas la chance d'avoir quelqu'un sur qui compter ici, que ce soient des jeunes gens ou des vieux croûtons comme vous. Je sais que vous aimez votre vie, alors saisissez votre chance. Peut-être qu'elle ne se représentera pas ».

Quel discours ! Un silence planait dans la pièce. L'infirmier, satisfait de l'impact de ses paroles, souriait. Il existait entre eux une familiarité déconcertante. Jamais personne n'aurait osé surnommer le septuagénaire de "vieux crouton" en temps normal.

— L'opération, intervenue tôt ce matin, s'est très bien passée. Il sortira dans quelques jours si son état le permet. Vous pourrez venir le chercher ou un VSL le ramènera chez lui, c'est comme vous voulez. En tout cas, ce fut un plaisir !

Il quitta la chambre. La jeune femme se sentit démunie, ne sachant quoi dire. Elle tenta finalement :

— Le personnel est gentil. Cet infirmier vous estime en forme, c'est une bonne nouvelle. Je... J'appellerai pour avoir de vos nouvelles. Bon courage.

Jean souleva un sourcil mais elle fuit sans même attendre sa réponse. Elle avait eu sa dose de paroles blessantes pour la journée.

Chapitre 18 : 1894

Cette rencontre fut une véritable secousse pour Joséphine. Il lui fallut de longues minutes pour réaliser. Elle s'adossa au mur du Moulin et prit un moment pour réfléchir.

S'agissait-il d'un fantasme, d'une illusion de son esprit ? Non, Charles se trouvait bien là, quelques instants plus tôt. La torpeur avait laissé place à l'euphorie. Il fallait qu'elle partage cette nouvelle. Puis, elle se souvint de la cruauté dont son père avait fait preuve en chassant Charles. S'il apprenait que celui-ci habitait la région, qui sait comment il réagirait.

Joséphine pouvait-elle seulement se confier à sa mère ? Catherine pouvait faire preuve d'un comportement pour le moins ambivalent. Le risque qu'elle ne divulgue cette nouvelle à son mari demeurait important. La fille ne pouvait toutefois cacher cette information à sa mère.

Elle s'engagea sur le chemin du retour, d'un pas rapide, presque précipité. Passant par la porte de service, elle confia ses vêtements d'extérieur à Zélie, qui n'eut pas le temps de l'interroger sur son état, puis rejoignit la bibliothèque.

Comme à son habitude, Catherine se tenait assise devant l'imposant secrétaire en acajou, et rédigeait des lettres. L'arrivée détonante de sa fille la surprit à peine.

– Quel enthousiasme. Que voulez-vous ?
– Mère, il faut que je vous parle.
– Dites-moi donc.

Catherine ne prit pas la peine de cesser sa rédaction. Joséphine l'implora :

– S'il vous plait, c'est important.
– Je vous écoute.
– Vous continuez d'écrire.
– Je suis tout à fait capable d'effectuer deux tâches en même temps.
– Vous ne m'entendrez que d'une oreille.
– Mais non, mais non...
– Voyez, déjà vous vous déconcentrez !
– Enfin ! Que vous arrive-t-il ? S'il s'agit encore de cette histoire d'école d'arts ménagers...
– Charles est ici. Je l'ai vu. A l'instant.

Elle cessa toute activité puis resta immobile, à peine quelques secondes. Elle releva la tête, inspira longuement et se tourna vers sa fille.

– Que dites-vous ?
– Je vous dis rentrer d'une promenade à l'occasion de laquelle j'ai échangé longuement avec Charles. Il est en vie, il va bien, travaille et ...
– Non, non, non...

Catherine s'était levée à présent, les mains posées sur ses hanches, elle faisait les cent pas dans la pièce.

– Mère, ne pensez-vous pas qu'il s'agit d'une merveilleuse nouvelle ?
– Pas le moins du monde.
– Le contraire m'aurait finalement étonnée. À quoi bon ? Votre cœur est aussi glacé que l'hiver dans cette région.

Le visage de Catherine vira au cramoisi. Elle s'approcha de sa fille, ne laissant entre leurs deux visages qu'un espace restreint. Joséphine pouvait sentir son souffle. Sa mère prit le temps d'articuler sa phrase en pesant chacun de ses mots :

– Je vous interdis de vociférer de telles remarques à mon sujet.

— Vous ne me laissez pas de choix en réagissant comme vous le faites.

Catherine s'éloigna et reprit sa marche nerveuse. Il était rare de la voir agir ainsi. Elle ne prit pas la peine de répondre à cette dernière remarque ; peut-être ne l'avait-elle même pas entendue. Elle reprit, les yeux rivés au sol, en pleine réflexion.

— Vous n'auriez pas dû le croiser. Vous allez tout gâcher.
— Comment... De quoi parlez-vous ?

La fille fut prise au dépourvu. Le visage de sa mère prit un air moqueur, qu'elle ne lui connaissait pas. Cette soudaine posture, pleine de confiance, lui fit froid dans le dos.

— Vous pensiez détenir la vérité ? Vous pensiez être omnisciente de la situation ? Ma chère fille, vous ne savez rien.
— Éclairez-moi, je ne saisis pas.
— Le fait de croiser votre frère ici, alors que nous sommes dépourvus de nouvelles depuis des années vous paraît être un hasard ?
— Je...Oui...

Joséphine se contenta de rester silencieuse, et se laisser tomber dans un fauteuil. Elle ne comprenait ni les paroles de sa mère, ni ce comportement pour le moins étrange. Catherine, toujours en effectuant les cent pas, reprit :

— Joséphine. Je n'ai aucun doute sur le fait que vous me voyez comme une épouse soumise et assujettie au bon vouloir de son mari.

La question se voulait rhétorique et n'attendait pas de réponse.

— Sachez qu'une épouse, de nos jours et au sein de cette société, est loin d'être une femme idiote, dénuée de toute sagacité. J'ai reçu une éducation forte de discernement, que je ne me serais pas permise de gâcher uniquement par un mariage. Notre situation d'épouse demande de la discrétion. Là demeure notre force. Alors que votre père agit en chef de famille, avec toute l'indélicatesse dont il peut faire preuve, je me contente de lui souffler délicatement les consignes.

Catherine arborait une posture droite et confiante. Pour la première fois de sa vie, Joséphine fut fière de sa mère et des paroles qu'elle lui confiait.

— Les hommes agissent machinalement, avec instinct et sans réfléchir. Nous, et j'espère que vous saurez faire de même, opérons avec grâce et dignité. Lorsque votre père s'est fait un nom dans le domaine de la machinerie, plusieurs propositions se sont offertes à lui. Je n'ai fait que l'aiguiller vers celle qui me paraissait la meilleure pour notre famille.

— Vous voulez dire que vous êtes à l'origine de cette prise de poste et du déménagement à Yonville ?

— Je relate simplement la façon dont votre père et moi avons pris cette décision.

Elle était plus fascinée à chaque instant par cette nouvelle personnalité. Elle observait sa mère fixement, avide d'en apprendre davantage.

— Si vous êtes à l'origine de ce choix, pour quelle raison vouliez-vous déménager ici. Certainement qu'il existe d'autres régions plus attrayantes...

— Ma chère Joséphine, je vous en prie, utilisez votre jugeote.

Il fallut quelques secondes à la jeune femme pour faire le lien. Ses yeux s'écarquillèrent. Cette prise de conscience la heurta de plein fouet.

— Vous saviez ? Vous saviez que Charles habitait à proximité ?

— Bien sûr que j'en avais connaissance.

— Comment avez-vous fait ? Pour quelle raison n'en ai-je point été informée ?!

— Lorsque votre père a adopté le comportement le plus abject qui soit en retirant mon enfant, j'ai cru défaillir. Vous me pensiez insensible à l'abandon de mon garçon, il s'agissait de votre point de vue. Votre comportement m'a blessé.

— Mais, mère, vous n'avez pas réagi !

— Sachez que votre père est influent, qu'il exerce une autorité toute particulière sur cette famille. Tenter de le résonner m'a valu des remontrances qui demeurent encore aujourd'hui ancrées, non pas seulement dans mon esprit...

Catherine posa une main délicate sur sa cuisse. Sa fille comprit. Leur père n'avait jamais levé la main sur ses enfants. Or, Joséphine prit conscience qu'elle ignorait complètement ce qu'il se tramait entre leurs parents, dans l'intimité. Elle prit conscience, enfin, de l'étendue de sa naïveté. Une profonde compassion pour sa mère l'envahit, et en revanche, une colère contre Roland surgit. Son père symbolisait toutes les difficultés de cette famille, il en était la cause. Son esprit bouillonnait tandis que sa mère reprenait :

— Le départ du Charles fut tellement brutal... Les interdictions de renouer contact avec lui valaient pour vous mais aussi pour moi. Il faut que vous sachiez Joséphine, que l'amour d'une mère dépasse en tout point n'importe quelle restriction. J'ai pris mes précautions, utilisé quelques relations pour finalement retrouver la trace de mon fils. Après un certain temps, les renseignements que je parvenais à obtenir ne me satisfaisaient plus. À défaut de le voir, il fallait au moins que je le sache près de nous.

— Comment se fait-il que vous ne m'en ayez jamais parlé ?

— Votre tempérament mon enfant, votre tempérament. Vous vous insurgez avec facilité. Je ne pouvais pas me permettre de divulguer ce précieux projet, au risque de le perdre, au même titre que Charles.

— Oh, maman...

Catherine, qui devenait plus fébrile au fil de la conversation, se ressaisit :

— Quoi qu'il en soit, le fait que vous l'ayez vu confirme mes présomptions et j'en suis ravie. Est-il en bonne santé ?

— Oui et...

— Votre père ne va pas tarder à rentrer, déguerpissez avant qu'il ne nous surprenne.

Joséphine obéit sans émettre la moindre remarque. Lorsqu'elle atteignit la porte de la bibliothèque, sa mère l'apostropha. Elle s'était rassise à son bureau :

« Merci Joséphine. Merci pour ces nouvelles qui ravivent mon cœur ».

Sa fille hocha la tête, d'un air entendu, puis fila dans sa chambre.

Chapitre 19 : 2024

L'horloge de la cuisine indiquait dix-huit heures trente lorsque Emma entendit une voiture s'engager sur le seul sentier praticable du parc. Le véhicule remonta l'allée pour se garer en face du Chalet. Elle reconnut instantanément la camionnette sanitaire qui ramenait Jean. Les infirmiers descendirent le vieil homme du camion, lequel insista pour abandonner le fauteuil roulant et utiliser ses béquilles. Emma salua les transporteurs et engagea le dialogue.

— Bonjour Jean, je ne pensais pas que vous seriez de retour aussi vite. Vous êtes resté à peine trois jours !

— Monsieur est sorti contre avis médical, répondit un soignant. Il avait la bougeotte. Les médecins l'ont laissé partir puisqu'il nous a affirmé qu'une personne de confiance pouvait s'occuper de lui à son domicile. Est-ce vous ?

— Certainement. Si ce n'est pas moi, je ne vois pas qui d'autre.

Emma ne savait pas s'il fallait être touchée par ce compliment ou si Jean s'était montré bienveillant juste pour échapper à l'enfermement hospitalier. Quoiqu'il en soit, elle aiderait son voisin sans broncher, ça ne faisait aucun doute. Après de longues années de bons et loyaux services auprès de ses aïeuls, à gagner des clopinettes, elle lui devait bien cette assistance.

Les infirmiers installèrent Jean à l'étage, dans un salon au mobilier rudimentaire. Ils confièrent à Emma toutes les instructions et tous les outils pour soigner le malade. Une fois les conseils prodigués, ils prirent congé. La jeune femme et son voisin se retrouvèrent seuls, enveloppés dans un silence embarrassé. Pour une fois, le malaise se ressentait surtout du côté de Jean, qui, maintenant qu'il se trouvait face à son invalidité, ne savait comment réagir. Il s'était rarement blessé au cours de sa vie et quand un malheur arrivait cela ne l'empêchait pas de s'affairer à la tâche. Aujourd'hui, bien en peine, il devait rester cloué chez lui avec une jambe immobilisée et douloureuse.

Emma étudia les possibilités qui s'offraient à lui pour vivre au mieux sa convalescence. La repasserie comportait trois niveaux. Les pièces de vie se trouvaient au premier alors que les chambres et salle de bain se situaient un étage plus haut. Elle ne pouvait décemment pas laisser dormir Jean au dernier étage, là où se trouvait habituellement sa chambre, il prendrait certainement trop de risques. Laissant son voisin songeur, elle descendit au rez-de-chaussée. Ce niveau comportait deux larges pièces où s'amoncelaient des meubles, outils et autres breloques, dont un point d'eau. Il suffirait à Emma de les débarrasser afin d'installer une chambre confortable. Les espaces étaient en bon état. Ils manquaient simplement d'un bon coup de ménage. Ainsi, Jean pourrait se déplacer plus facilement et profiter de son jardin sans utiliser les escaliers.

Elle remonta à l'étage pour exposer son projet. S'attendant à une réponse évasive voire désobligeante, elle fut surprise de voir Jean hocher la tête calmement en guise d'accord. Sa fragilité la toucha.

Elle choisit de lancer la conversation sur un tout autre sujet. Pointer du doigt son invalidité ne l'aiderait pas à se sentir mieux, il fallait parler d'autre chose. Elle lui expliqua alors les ravages que la tempête avait causés, notamment sur le Chalet. Cette bâtisse, qui plaisait beaucoup aux clients et qu'elle louait régulièrement, constituait une source de revenus non négligeable. Désormais, une partie de la toiture s'était envolée, au même titre que les ambitions de la propriétaire. Elle lui avoua ses craintes sur ses capacités à financer les réparations, à remettre à flot la location. Elle n'était pas sûre d'en avoir encore la force. Durant plusieurs minutes, elle débita ses paroles, plus pour occuper le silence que pour tenir un discours fondé. Elle profita également de ce temps pour prodiguer les soins nécessaires à la jambe de son vieux voisin.

Une fois le monologue passé, Jean ne répondit rien. Il se contenta de se tortiller dans son fauteuil, à la recherche d'une position qui ne faisait pas souffrir ses articulations endolories. Emma reprit, amusée :

— Je parle, je parle, mais vous vous en moquez éperdument je le sais bien.
— Rooh ! Vous en avez fini avec ces fadaises oui ! Vous me faites passer pour une brute.

Elle cessa ses gestes. Cette réponse représentait bien la dernière chose qu'elle aurait pu imaginer. Prise au dépourvue, elle se contenta de laisser filer un "euuh" qui n'en finissait pas et dont le sens trahissait indéniablement sa pensée.

— Allons bon ! J'ai bien vu que vous n'étiez pas comme eux ; et moi-même, je ne suis pas le dernier des malpropres.
— Comme qui ?

Il ne prit pas la peine de répondre, et poursuivit :

— Bon, je vous accorde que ça m'arrive d'être rustre mais ça ne veut pas dire que je m'en tamponne le coquillard de vos histoires.

— Alors là vous m'étonnez. Je pensais que vous détestiez mes locations.

— Oh, bien sûr qu'au départ ça m'a fait un coup. Voir des inconnus débarquer ici. Vous savez je n'ai pas l'habitude. Après tout, cette propriété vous appartient et sans cette initiative vous l'auriez perdue. J'aurais dû quitter mon domicile de surcroît... C'est un mal pour un bien. Vos intentions sont honnêtes au moins.

— Que sous-entendez-vous ? Je ne saisis pas.

— Vos grands-parents bien sûr.

— Mes grands... Enfin, de quoi parlez-vous ?

Il n'entendit pas la question, occupé à lorgner par la fenêtre. Il s'exclama :

— Encore ? Que fait-il à trainer là celui-ci ?!

Elle se pencha pour regarder au dehors. Un homme arpentait la pelouse près du Chalet, tentant d'être discret. S'il s'agissait d'un malfaiteur, agir en pleine journée n'était pas la meilleure des idées. Elle demanda :

— Qui est-ce ? Le connaissez-vous ?

— Je n'en ai pas la moindre idée mais ce n'est pas la première fois que le vois s'attarder ici. À plusieurs reprises je l'ai aperçu sillonner les environs. D'habitude c'est en fin de journée ou en soirée.

— Dois-je contacter la police ? Est-ce un cambrioleur ?

— En plein jour ? Je ne pense pas. Vous devriez aller voir. J'irai bien mais…

Il désigna sa jambe puis lui fit signe de se dépêcher. Elle descendit quatre à quatre les escaliers et sortit en trombe de la repasserie. Elle interpella l'intrus qui se retourna aussitôt. Surpris par cette irruption, il se mit à courir pour échapper aux remontrances.

Cette attitude de fuite encouragea Emma à le suivre. Il prit le chemin du corps de ferme, allongeant ses foulées à chaque pas. Pourquoi fuyait-t-il si vite ? Il avait forcément quelque chose à cacher, de mauvaises intentions. L'homme cavalcadait à travers les bâtiments. Il semblait connaître le chemin. Son itinéraire se devinait, il cherchait à rejoindre la route menant au cimetière puis à la sortie du Hameau.

Motivée par une poussée d'adrénaline, elle bifurqua sur la droite pour récupérer un raccourci. Bien que cet homme eût observé les lieux depuis quelques temps, il ne connaissait pas Yonville autant que sa propriétaire. Avec une agilité inhabituelle, elle franchit les nombreux débris qui encombraient son chemin. Des toiles d'araignées et des amas de poussière tentaient de la freiner, mais elle poursuivit sa course.

Arrivée derrière le hangar, elle vit l'homme disparaitre au coin de la rue. Elle accéléra la cadence, son cœur battait à tout rompre, ses poumons la brulaient à chaque inspiration. Pensant qu'il avait semé Emma, l'inconnu ralentit un instant puis se retourna. Voyant qu'elle gagnait de la distance, il sprinta à nouveau. Dans la précipitation, il trébucha et s'affala de tout son long sur le sol. Lancée à pleine vitesse, la jeune femme n'eut pas le temps de freiner sa cadence et s'étala à son tour.

Peu importaient les blessures, elle le tenait. Il tenta de se relever mais elle l'agrippait fermement. « Que faisiez-vous chez moi ? Que voulez-vous ? »

Soudain, l'intrus abandonna son air paniqué pour adopter une attitude plus détendue. Il épousseta ses vêtements et, comme si de rien n'était, s'éclaircit la voix.

— Je venais simplement constater les dégâts sur votre demeure.

— Les dégâts ? Quoi ? Vous veniez en éclaireur pour me dérober des objets c'est cela ? Avouez.

L'homme conservait une assurance déconcertante.

— Avez-vous réfléchi à la façon dont vous allez réparer tout ça ?

— De quoi parlez-vous ? ça n'a aucun sens.

— La tempête a fait des dégâts, les réparations vont coûter cher.

— Cela ne vous regarde en aucun cas.

— N'avez-vous pas pensé à certaines… facilités de paiement ?

— Bon sang je ne comprends rien ! Qui êtes-vous ?

— Vos grands parents savaient toujours comment récupérer les sommes nécessaires à l'entretien de cette maison.

— Vous connaissiez mes grands-parents ?

— Je vois, vous n'êtes informée de rien.

— Comment…

— Oubliez ça, cela n'a pas d'importance.

— Mais…

— Oubliez.

L'homme agita ses mains comme pour effectuer un tour d'hypnose puis s'en alla rejoindre un imposant land rover garé sur le parking du cimetière.

Elle était trop abasourdie par cette conversation pour réagir. Elle ne prit pas la peine de le suivre cette fois. Qui était-il ?

Chapitre 20 : 1894

La journée commençait à merveille. Joséphine s'était rendue au Moulin pour son rendez-vous hebdomadaire avec Charles. Désormais, ils se retrouvaient chaque semaine sans jamais manquer une seule rencontre. Ils rattrapaient peu à peu le temps perdu.

À plusieurs reprises, il avait eu l'occasion d'emmener son fils Pierre, afin qu'il partage un moment avec sa tante. Joséphine avait alors découvert un pauvre enfant atteint d'une maladie qu'il ne parvenait pas à vaincre. Il se montrait toutefois enjoué et plein d'entrain. Tous trois s'adonnaient à des jeux enfantins, leur rappelant une jeunesse oubliée.

Charles répétait sans cesse qu'avec les beaux jours, cette vilaine toux et ce teint blafard disparaîtraient. Selon lui, le printemps apportait son lot de pollen et d'allergies, principales sources des toussotements. Sa sœur priait pour que ces paroles se réalisent mais l'état de santé de son neveu l'inquiétait malgré tout.

Elle peinait à lui dire au revoir à chaque fois. Cet enfant était d'une grande douceur, elle l'aimait de tout son cœur.

Aujourd'hui, Charles lui avait apporté de bonnes nouvelles. Sa femme se portait à merveille, à l'aube de son dernier mois de grossesse. La toux de Pierre, qui s'était rendu à l'école ce matin-là, semblait se dissiper. Joséphine rapporta ses informations à sa mère, ce qui constituait leur rituel depuis plusieurs semaines. Catherine ne pouvait se rendre à ces rendez-vous réguliers, au risque d'éveiller les soupçons. Quand bien même, elle aurait pu, Charles ne souhaitait pas revoir sa mère, pour qui il conservait une certaine rancœur.

Catherine comprenait ce point de vue et acceptait le simple fait de recevoir chaque semaine des nouvelles de son fils retrouvé, par le biais de sa fille.

Une fois le compte rendu effectué, Joséphine prétexta un besoin de prendre l'air pour sortir rejoindre le corps de ferme où s'affairaient les nombreux employés. Elle emprunta ce chemin qu'elle connaissait bien désormais. L'air ambiant sentait la sciure de bois et la poussière. Le printemps cédait peu à peu la place aux longues journées ensoleillées de l'été.

La jeune femme se tenait dans l'embrasure de la porte, cherchant du regard âme qui vive, lorsqu'une large main se posa délicatement sur son cou. Ce geste lui était familier. Elle se retourna brusquement et découvrit Simon tout près d'elle. Leurs visages se trouvaient à seulement quelques centimètres. La main toujours posée sur son cou, Simon la dévisagea, passant de ses yeux à ses lèvres : « Bonjour ».

Joséphine le repoussa légèrement, en posant ses mains sur son torse. « Nous pourrions être repérés ! ». Il l'attira à l'intérieur de l'atelier et l'embrassa. Elle lui rendit son baiser. Ils relâchèrent leur étreinte. L'artisan se dirigea vers l'établi et y disposa des rondins de bois, tout en initiant la conversation.

— Comment allez-vous ? Avez-vous eu l'occasion de voir votre frère aujourd'hui ?
— Oui, il se porte à merveille ! Rose ne devrait pas tarder à enfanter et l'état de santé de Pierre semble s'améliorer.
— Je suis content pour eux. Et vous ? Votre départ pour l'école approche à grands pas.

Joséphine s'effondra sur une chaise à l'évocation de ce souvenir. Dans quelques jours, elle quitterait Yonville pour l'école des arts ménagers. Elle ne put contraindre ses parents à changer d'avis.

L'établissement se trouvait à quelques dizaines de kilomètres, de sorte qu'elle pouvait rentrer chez elle chaque week-end, ce qui la consolait un peu.

— Malheureusement oui… Je ne peux que m'y résoudre.

Sentant une profonde mélancolie s'installer dans son cœur, Simon vint à sa hauteur pour la prendre dans ses bras. Au fil des semaines, leur relation avait rapidement évolué. Ils s'étaient attachés l'un à l'autre, se confiant sur leurs tracas, leurs contrariétés et leurs espoirs. Ils se voyaient pratiquement chaque jour. L'idée déchirante de se séparer de Simon s'installait peu à peu. Il lui promit d'être là dès son retour le vendredi.

Ils devaient se cacher des regards indiscrets. Joséphine usait de ruses et de discrétion pour rejoindre Simon. L'inverse toutefois était impossible ; la présence d'un homme infortuné autour du Château aurait éveillé de trop nombreux soupçons. Elle pouvait passer des heures à ses côtés, à l'écouter soliloquer sur ce métier qu'il aimait tant, à le regarder travailler cette matière brute qu'il transformait en œuvre d'art et à reproduire les gestes qu'il lui enseignait. Lorsqu'il terminait une tâche particulièrement ardue, il s'asseyait sur un fauteuil miteux afin de reposer ses mains endolories. Elle se plaçait alors sur un des accoudoirs et, à l'aide d'un coton humide, épongeait le front de cet homme qu'elle admirait tant. Ce dernier s'endormait un moment, bercé par les gestes délicats de la femme qui se tenait tout près de lui. Durant de longues minutes, le couple restait immobile, apaisé et somnolent, main dans la main. Ces moments étaient précieux, hors du temps.

Un jour, Simon s'était confié sur sa situation. Il avait narré à Joséphine les détails de son enfance : issu d'une famille nombreuse et de parents aimants, il n'avait jamais manqué de rien malgré de maigres ressources. Cette condition l'avait obligé à quitter le foyer rapidement pour trouver du travail à l'âge de 14 ans. Dès lors que les aînés eurent quitté la maisonnée, les parents pouvaient subvenir plus aisément aux besoins des cadets. Le hameau de Yonville cherchait alors de jeunes artisans qui puissent effectuer des tâches difficiles. À cette occasion, Simon avait découvert la menuiserie. Il devint l'ouvrier le plus efficace, apprenant rapidement et adoptant une technique performante. Ses employeurs lui avaient confié, à seize ans, les rênes de la menuiserie et le commandement d'une équipe d'artisans. Ces responsabilités lui avaient permis de grandir plus rapidement que ses pairs et d'atteindre une certaine maturité. Lorsqu'il atteignit dix-neuf ans, un collègue ouvrier l'invita chez lui. Il lui présenta notamment sa sœur. Simon, qui côtoyait rarement la gent féminine, fut séduit immédiatement par cette femme de deux ans son aînée. Cette dernière usa de manœuvres afin de le garder auprès d'elle.

Depuis plusieurs années maintenant, il vivait à ses côtés, lui promettant un mariage qui n'arrivait pas. Impatiente, sa fiancée devenait plus amère de jour en jour, ajoutant à son caractère naturellement infâme, une pointe d'agressivité. Auprès de Joséphine, il découvrait la douceur et le respect. Elle, qui se montrait la plupart du temps désobligeante voire arrogante, se découvrait un caractère délicat et affectueux. Il lui avait confié avoir grandi dans une fratrie de sœurs mais qu'après son départ et jusqu'à la rencontre de sa fiancée, les contacts féminins furent pratiquement inexistants. De surcroît, le travail nécessitait une rigueur et un investissement conséquent, empêchant les ouvriers de s'adonner à toutes sortes d'activités extérieures.

Malgré cette impression commune que le temps se figeait, l'heure filait à vive allure. Catherine et Roland maintenaient une pression constante sur leur fille, tant qu'elle vivait encore au Château. Ses bagages devaient être préparés, ses effets personnels empaquetés, disposés à partir demain matin à l'aube. Ses valises la précéderaient. Joséphine ne partirait que le jour suivant pour arriver le dimanche en milieu de journée.

Il lui fallait plusieurs heures sur place pour déballer ses affaires et s'accommoder aux lieux. Ses parents ne lui avaient transmis aucune information sur ses futures conditions de vie au sein de l'école. Elle savait simplement qu'elle dormirait là-bas du lundi au vendredi et que ses journées seraient rythmées par des cours théoriques et de la mise en pratique. Une telle cadence ne lui avait pas été imposée depuis son adolescence.

Elle se détacha de l'étreinte de Simon, épousseta sa robe et poussa un long soupir. Tout en fixant la pointe de ses chaussures, honteuse de dévoiler ses sentiments, elle murmura :

— Le moment est venu. Nous devons nous quitter. Ce départ me fend le cœur.

— Nous nous reverrons demain.

Elle ne s'attendait pas à une réponse si pragmatique, aussi répondit-elle :

— Oui, mais nous ne nous reverrons plus si souvent.

— Ne vous en faites pas, vous ne serez absente que la semaine.

Il ne comprenait pas.

— Simon, la situation n'est pas comparable. Nous nous voyions chaque jour. Ce ne sera plus le cas bientôt. Pensez-vous que nous allons nous éloigner ?

— Je ne vais nulle part. Et vous ne prévoyez pas de quitter le pays. Tout va bien.

« *Tout va bien* ». L'homme qu'elle portait en haute estime ne semblait pas partager les mêmes sentiments.

— Je ne faisais en aucun cas référence à un éloignement géographique. Ne comprenez-vous pas ? Quelle déception de ne rien représenter à vos yeux.

— Jo, vous vous méprenez. Je ne saisis pas vos propos. Expliquez-moi.

Elle voulut le fixer longuement, lui faire comprendre mais alors que le regard de Simon la sondait, incrédule, elle ne se sentit pas de taille à l'affronter. Secouant la tête, elle choisit de quitter la pièce aussi vite que sa robe lui permettait.

Elle accéléra le pas alors qu'il continuait de l'appeler, incapable de se retourner. En rentrant au Château, Zélie l'attendait dans sa chambre. Bien que n'ayant pas été mise au courant de cette romance, la domestique connaissait par cœur le rituel auquel sa maîtresse s'adonnait à chaque fin de journée. Durant sa vie et au contact des autres employés, Zélie avait appris à reconnaître ce comportement. Elle avait intuité sans mal que Joséphine s'était éprise d'un homme. Il ne devait pas appartenir à la haute classe, autrement elle ne se cacherait pas.

Sans poser la moindre question, Zélie s'adaptait aux humeurs de la jeune femme, tantôt radieuse et souriante, tantôt mélancolique ou affligée. En cette douce soirée de printemps, cette dernière option semblait malheureusement de rigueur.

Chapitre 21 : 2024

Emma se réjouissait de voir la nette amélioration de ses relations avec son voisin. Il se confiait davantage et s'adonnait à tout type de conversation. L'hôte ne se confiait plus à son frère et se contentait d'assimiler les judicieux conseils de Jean pour tenir une propriété. Toutefois, elle se remémorait souvent la réaction soudaine qu'il avait eue en évoquant le souvenir de ses grands-parents. Pour quelle raison s'était-il insurgé de la sorte ?

Sa jambe ne le faisait plus souffrir. Grâce aux soins minutieux d'Emma, il put guérir rapidement. Elle avait passé au moins deux jours à débarrasser le rez-de-chaussée afin qu'il puisse s'y installer. Ce niveau devenait même plus attrayant que les autres étages de la maison. Ainsi, Jean put profiter des beaux jours en sortant dans sa parcelle de jardin, de manière autonome, béquilles en main. Sa voisine ne se plaignait jamais, alors même qu'elle aurait pu le faire à maintes reprises. L'état de vétusté de la repasserie dans lequel il évoluait l'avait contraint à faire quelques efforts pour maintenir la blessure propre et saine.

Cette nouvelle responsabilité, tout autant que ce lien qu'elle avait tissé avec le vieil homme, lui redonnait une motivation. Les clients affluaient de nouveau, Jean guérissait à vue d'œil. Seul le Chalet demeurait un réel problème. Les réparations étaient trop coûteuses et les assurances hésitantes quant à l'indemnisation... Il fallait qu'elle trouve une solution rapidement où bientôt les dégâts deviendraient irréversibles.

Dans un autre registre, Lucile avait repris contact avec Emma quelques jours auparavant. Quelle joie de recevoir des nouvelles de sa locataire, cela lui changea les idées. La retraitée avait demandé à séjourner de nouveau à la Petite Maison, sans son mari cette fois, qui n'avait pas pu se libérer. Elle paraissait empressée de revenir et avait réservé le gîte à la dernière minute.

Au vu des derniers événements, Emma ne s'était plus intéressée aux mémoires de son ancêtre. Elle n'avait malheureusement pas trouvé le temps de débuter le troisième tome. La venue de Lucile la motiva à poursuivre l'étude des mémoires. Une lecture en diagonale lui permit de découvrir que Marceau avait trouvé rapidement un nouveau travail. Il lui avait fallu déménager dans un appartement de fortune, près d'Amiens. Il s'était dit qu'une fois confortablement installé dans son emploi, il pourrait chercher une maison plus accueillante.

Emma terminait la lecture du premier chapitre, son chien allongé de tout son long à ses pieds, lorsque la sonnette de l'entrée retentit. Elle posa l'ouvrage sur la table la plus proche pour aller accueillir sa locataire. Les retrouvailles furent chaleureuses, comme si les deux femmes ne s'étaient jamais quittées. Emma lui servit une tasse de thé, accompagnée de biscuits, le tout dans l'ambiance conviviale de la bibliothèque.

L'hôte et sa pensionnaire échangèrent pendant un temps sur les dernières nouvelles de chacune. Finalement, Emma demanda :

— Je suis ravie que vous alliez bien. Je n'ai pu m'empêcher de m'inquiéter lorsque vous avez demandé à venir précipitamment.

— Oh, ma petite Emma, je ne voulais pas vous tracasser. J'en suis navrée.

— Votre venue est une source de joie, ne vous inquiétez pas. Quelle raison vous amène ? À part celle de profiter du cadre unique et idyllique de Yonville ?

— Comme vous le savez, ma passion pour la recherche généalogique ne fait qu'accroître. J'ai même eu l'occasion de visiter les archives de la mairie où mes aïeux ont vécu. Ces lettres, échangées avec tant de romantisme, m'ont tellement inspirée que je voulais en connaître davantage sur eux. Je m'y suis rendue sans grands espoirs, simplement la volonté de me familiariser avec quelques détails de leur vie. De votre côté, la lecture des mémoires de Marceau était-elle enrichissante ?

— Pour être honnête, je n'ai pas eu l'occasion de lire l'intégralité des tomes, seulement les deux premiers et un chapitre du troisième. Bien que cet homme me paraisse adorable, sa vie ne semble pas très palpitante.

— Quel dommage... Les hommes ont le chic pour parler beaucoup d'eux, sans même que cela soit intéressant le plus souvent. Quoi qu'il en soit, j'ai découvert de mon côté d'autres lettres qui vous intéresseront sans nul doute.

— Je vous écoute.

— En premier lieu, je pensais que mon arrière- grand-père échangeait avec sa femme, au regard du caractère intimiste des correspondances. Or, mes recherches aux archives ont démontré que cet aïeul, Simon, s'était marié en 1908 avec une certaine Maria Bonneton ; qu'ils vécurent aux alentours de Paris et eurent cinq enfants dont mon propre père. Pourquoi mentionnait-il alors Yonville ? Et le nom d'une femme aux antipodes de Maria ? Il a fallu que je creuse son histoire, ce que j'ai fait.

Lucile marqua un temps de pause, laissant son regard se perdre dans les rayonnages de la bibliothèque. Emma buvait ses paroles, fixant son visage et attendant la suite de son récit. Après avoir bu une gorgée de thé, elle reprit :

— Ma petite Emma, sachez que mon arrière-grand-père a bien vécu ici, avant même de rencontrer sa femme. Il aurait entretenu une relation avec une certaine Joséphine, qu'il surnommait Jo dans chacune de ses lettres. Il s'agissait là d'un amour fort, unique, comme on en connaît rarement. Ça se ressent. Les échanges débutèrent en 1894. Le couple semble avoir été séparé, raison pour laquelle ils s'écrivaient. Ils devaient certainement se connaître avant, autrement les lettres ne laisseraient pas transparaître une telle intimité. Joséphine habitait le Château. Vous vous rendez compte ? C'est ici, à Yonville, qu'une idylle a débuté !

— Cette histoire a l'air merveilleuse. Mais si vous avez découvert que Simon s'était marié bien des années après, pensez-vous que leur histoire ait connu une triste fin ?

— Je n'en ai pas la moindre idée. Mes récentes lectures ne le mentionnent pas. Peut-être que l'écoulement du temps a égaré le reste des missives.

— Je chercherai de mon côté, il doit bien exister des traces de ce couple quelque part ! Mais... comment se fait-il que vous ayez retrouvé chez vous des lettres de votre arrière-grand-père alors qu'il en est lui-même l'expéditeur ?

— C'est une bonne question, à laquelle je pense pouvoir répondre. Lorsque je les ai retrouvées, elles étaient liées par une solide ficelle formant un paquet homogène. Il semblerait qu'elles aient été envoyées par coursier. Étant donné la situation délicate et le caractère secret de leur relation, peut-être que cette Joséphine n'a pas voulu les garder ? Peut-être même que dans votre grenier reposent les correspondances de Simon ?

Cette interrogation subsista dans l'esprit des deux femmes. Un certain nombre de questions taraudait Emma. Lucile brisa le silence :

— Voulez-vous que je vous en lise une ?
— Oh ! Avec plaisir !

Lucile termina sa tasse, s'éclaircit la gorge et débuta la lecture d'une lettre qu'elle conservait dans sa main depuis le début :

"Ma chère Jo,

Je prends la plume ce jour pour vous écrire ces mots, porteurs des sentiments qui animent mon cœur depuis que nos chemins se sont croisés. Chaque minute passée loin de vous est une éternité d'attente, où mon esprit ne cesse de vous contempler, où mon âme cherche refuge dans vos souvenirs.

Votre présence illuminait mes journées comme un rayon de soleil éclaire une pièce sombre. Votre sourire, doux comme la brise d'été, ravive en moi des émotions que je croyais depuis longtemps enfouies. Chaque regard échangé est une promesse de bonheur, chaque mot murmuré est une mélodie enchanteresse à mes oreilles. Votre départ m'affecte beaucoup, croyez-moi.

Dans le silence de la nuit, quand les étoiles veillent sur nos rêves, c'est votre visage qui hante mes songes. Je m'imagine alors près de vous, capturant chaque instant comme si le temps lui-même se figeait pour nous permettre de savourer notre amour.

Joséphine, laissez-moi vous confier l'étendue de mes sentiments : je vous aime d'un amour sincère et profond, un amour qui défie les épreuves du temps et des distances. Vous êtes la force qui guide mes pas, la lumière qui dissipe mes ténèbres.

Que ces quelques lignes témoignent de l'intensité de mon affection, et que chaque mot résonne dans votre cœur comme un écho de ma tendresse infinie.

Avec tout mon amour,

Simon"

Personne ne dit plus rien, ces mots comblant à eux seuls le silence par leur puissance.

Aussi chanceuse soit-elle de connaître une telle passion, qui était Joséphine ? Elle avait vécu à Yonville, dans ce Château. Était-elle une de ses ancêtres ? Mais alors, qui était Marceau ? Ces questions lui donnaient le tournis. Elle préféra se recentrer sur les mots qu'elle venait d'entendre. Ces paroles ne ravissaient pas que son âme, puisqu'en tournant la tête vers sa locataire, elle aperçut que celle-ci serrait le papier vieilli contre son cœur.

Chapitre 22 : 1894

Joséphine profitait de la douce chaleur d'un rayon de soleil, les yeux clos, respirant l'air frais du parc. Elle savait que ces moments représentaient les derniers instants de calme avant son arrivée à l'école. Bien qu'elle ait redouté l'emménagement à Yonville, elle se surprenait maintenant à ne pas vouloir le quitter. Les mois qui s'étaient écoulés à grande vitesse depuis son changement de vie avaient été exceptionnels. Revoir son frère et rencontrer l'homme de sa vie demeuraient des événements incroyables qu'elle n'aurait pu imaginer.

La voiture s'avança à sa hauteur. Le cocher descendit pour lui ouvrir la porte et l'escorter à l'intérieur. Charles devait effectuer les mêmes gestes en ce moment même, songea-t-elle.

Sa mère et Zélie l'accompagnaient dans ce périple, afin de s'assurer qu'elle s'installe dans les meilleures conditions. Roland avait prétexté un rendez-vous professionnel important, manquant délibérément le départ de sa fille. Il ne se sentait pas la force de subir d'autres remontrances. Il se réconfortait en sachant pertinemment que sa fille recevrait une éducation de qualité, à la hauteur de ses exigences. Elle allait apprendre à être une femme digne d'une vraie maîtresse de maison, idéale à marier.

Les bagages solidement attachés, la calèche s'ébranla dans un crissement de graviers. Catherine ne perdit pas un instant pour saisir son carnet et passer en revue la liste des tâches à effectuer une fois arrivées sur place. Sa fille ne se sentait pas le cœur à participer et laissa sa mère soliloquer à sa guise.

S'adossant à la vitre, elle posa son regard sur le paysage qui défilait. Le convoi passa non loin de l'allée de Frucourt qu'elle avait l'habitude d'emprunter pour rejoindre son frère au moulin. Charles s'était réjoui à l'idée que sa sœur apprenne de nouvelles choses. Il l'avait encouragé à se réjouir également et à ne pas en vouloir à ses parents. Comment pouvait-il soutenir leurs intérêts alors que lui-même n'avait pas eu la chance de bénéficier de leur aide ? Charles et son éternel positivisme l'avaient toujours impressionnée.

Le cocher dirigea les chevaux vers le chemin menant à la sortie de la propriété. Ce sentier passait aux abords du corps de ferme. Le menuisier ne quittait plus les pensées de Joséphine, qui fut contrainte de ressasser leur dernière conversation en passant à côté des bâtiments de pierre. Elle n'avait pas pris la peine de revoir Simon après leur échange houleux. Elle se demandait si son comportement était justifié lorsqu'elle aperçut une silhouette qu'elle ne connaissait que trop bien.

Simon, adossé à la vieille grange, observait de loin la calèche passer. Joséphine tenta de se contenir pour ne pas alerter sa mère qui, elle, continuait à bavasser. Elle se mordit les lèvres pour ne pas flancher. Il était venu lui dire au revoir. Il pensait à elle. Il voulait qu'elle le sache. Il était beau... Le moment fut de courte durée car le véhicule prenait de la vitesse. Se rasseyant au fond de son siège, Joséphine saisit son éventail, faisant mine d'être incommodée par la chaleur ambiante, alors qu'en réalité elle cachait un visage déconfit et rongé par la culpabilité. Zélie, à qui aucune situation n'échappait, fut attristée de voir sa maîtresse dans un tel état. Subtilement, elle atteignit sa main et la pressa dans la sienne, en guise de réconfort. Celle-ci la fixa, les yeux rougis, et lui sourit faiblement.

***

Le trajet passa en un éclair. Joséphine s'était endormie peu après le départ, de sorte que sa mère dût la réveiller une fois le convoi arrivé à destination et les chevaux arrêtés. Zélie et le cocher se mirent rapidement en quête de décharger les nombreux bagages. De son côté, Joséphine prit le temps de sortir, tout en observant l'environnement qui l'entourait. Sa mère, enjouée par la situation, ne cessait de répéter : « Ce lieu est magnifique Joséphine. Vous vous sentirez comme chez vous. Vraiment magnifique ».

Sa fille scruta le bâtiment qui se tenait en face d'elle. Ce que sa mère trouvait "magnifique" constituait en réalité une bâtisse aux teintes mornes et au style archaïque. Le ciment grisâtre donnait un aspect carcéral aux murs, apparence amplifiée par les barreaux aux fenêtres. Seul l'espace extérieur semblait accueillant. Les pelouses, agrémentées de parterres fleuris, suscitaient l'envie de s'y attarder.

Catherine invita sa fille à la suivre. Cette dernière lui emboîta le pas. Sa mère échangea quelques mots et quelques papiers avec une femme âgée d'une soixantaine d'années. Une fois la conversation terminée, Catherine se tourna vers sa fille :

— Bien ! Nous avons toutes les consignes nécessaires. Nous devons vous installer dans le dortoir, situé au troisième étage. Zélie pourra ainsi préparer votre linge de lit, ranger vos vêtements pendant que nous irons disposer vos affaires de toilettes dans votre vestiaire. La plupart de vos camarades sont arrivées hier et se sont déjà installées. Madame Courselle, la directrice, m'a indiqué qu'il n'y avait dans cet établissement que des jeunes femmes honnêtes. Je n'en attendais pas moins, nous y avons mis le prix. Vous pourrez sympathiser avec elles. Une visite des lieux est prévue d'ici deux heures - il ne faudra pas la manquer - après quoi je rentrerai à Yonville avec Zélie et vous laisserai vaquer à vos occupations. Ne vous en faites pas, vous aurez de quoi vous occuper.

Joséphine ne répondit rien. Elle se contenta d'un léger hochement de tête. En réalité, elle avait à peine assimilé les consignes de sa mère. Il faut dire qu'elle s'exprimait d'un ton particulièrement agité, comme si la vie de sa fille dépendait de cette installation.

Les trois femmes pénétrèrent à l'intérieur de la vaste pièce où se trouvaient de multiples rangées de couchages. Ils se ressemblaient tous. L'école exigeait en effet que les filles fassent leur lit avec des draps identiques, d'un blanc immaculé. Zélie se mit au travail sans tarder, sous les franches directives de Catherine. De son côté, Joséphine flâna dans les allées qui menaient à sa couchette. Quelques filles au loin discutaient joyeusement, d'autres la regardaient passer en échangeant des chuchotements. La nouvelle arrivante n'en avait cure, trop occupée à observer son environnement. La pièce se voulait chaleureuse, de par les allers retours animés de ses occupantes et de la décoration que chacune avait pris soin de mettre en place autour de l'espace qui leur était réservé.

Une jeune fille mince et frêle, aux cheveux blonds or, passa en tourbillon devant elle. L'inconnue farfouilla dans un sac posé sur un lit, juste à côté du sien. Lorsqu'elle aperçut Joséphine, plantée là sans savoir quoi faire, elle lui tendit brusquement la main.

Chacun de ses gestes était saccadé, ce qui contrastait drôlement avec sa faible carrure. Joséphine, bien que surprise par cet élan, lui rendit son geste.

— Bonjour, je m'appelle Juliette.
— Et moi, Joséphine.
— Ravie de faire ta connaissance. Tu es nouvelle, sans aucun doute.
— Cela est-il si évident ?
— Oh oui. Tu as apporté avec toi tout un convoi.

Juliette se pencha pour désigner la mère et la domestique d'un signe de tête. Joséphine apprécia son ton léger et détaché.

— Nous sommes arrivés il y a peu en effet. S'agit-il de ta première année également ?

— Grands dieux non ! J'entre dans ma troisième année.

Le ton élevé de sa voix, accompagné de familiarités lui valurent des regards courroucés des autres pensionnaires. Elle semblait ne pas les remarquer. Joséphine l'appréciait d'autant plus.

— Troisième ? Tu dois être la doyenne de cet établissement.

— Assurément non ! Mes parents m'ont jeté dans cette école à seize ans. Je vais bientôt souffler mes dix-neuf bougies. De manière générale, les filles restent ici un an, deux tout au plus.

— Pour quelles raisons débutes-tu la troisième dans ce cas ?

— Je me suis sauvée à maintes reprises durant la première, j'ai saboté mes devoirs pendant la deuxième. Me voilà désormais.

— Je vois. Tu n'as aucune envie d'être ici, comme je te comprends.

— Tu n'as pourtant pas l'air à plaindre, fit-elle remarquer en pointant de son menton mère et domestique. Quelle est ton histoire ?

— Mes parents m'ont forcée à venir étudier dans cet établissement, à l'aube de mes vingt et un an.

— Vingt et un ans et tu n'as pas encore convolé ? Qu'as-tu fait pour te retrouver dans ce bourbier ?

— J'ai certainement trop flâné, trop profité de la vie.

— Ne t'en fais pas, ici la situation s'arrangera rapidement !

Cette dernière remarque se voulait particulièrement sarcastique. Elle reprit :

— Les filles qui logent ici sont toutes des cas désespérés, bien que personne ne le dira jamais à haute voix. L'élite se trouve dans une autre aile du bâtiment : de jeunes filles brillantes, formées et prêtes à se marier avant même leurs 16 ans.

Elle prit un instant pour lever les yeux au ciel.
— Viens avec moi. Laissons ton équipage s'échiner à préparer ta couche et défaire tes valises, je vais te faire visiter les lieux.

— N'avons-nous pas une visite prévue dans quelques minutes ?

— Oh, il ne fait aucun doute que tu préfèreras mon expertise à celle de Madame Courselle...

Les jeunes filles prirent le chemin du couloir. Catherine, occupée à lire ses notes, ne remarqua pas leur départ. Joséphine s'assura de prévenir Zélie d'un regard, laquelle lui confirma par un hochement de tête qu'elle pouvait s'absenter sans soucis.

La visite fut divertissante. Juliette avait l'art et la manière de présenter chaque pièce avec humour et sarcasme, un vrai boute-en-train. Elle saluait régulièrement d'autres étudiantes sur leur passage. Elle devait connaître l'intégralité des occupants de cette école.

Juliette fut particulièrement amusée par la réaction de sa nouvelle collègue lorsque celle-ci découvrit la salle d'eau commune. Il s'agissait d'une pièce humide où s'alignaient de grands lavabos en fonte. Le sol semblait ne jamais sécher, tout comme les savons visqueux posés sur les rebords. Il régnait là-dedans une odeur d'animal mouillé ou mort ; ou peut-être était-ce les deux. Joséphine s'était alors plainte de l'absence de baignoire mais Juliette l'avait rassuré :

« Estimes toi heureuse. Ici il y a de la place pour toutes les filles. Nous n'avons jamais besoin d'attendre qu'une place se libère aux éviers. Ce n'est pas le cas dans tous les établissements. De plus, nous bénéficions de latrines séparées et plutôt modernes. Le désastre de 1880 à Paris a conduit les directeurs à prendre des initiatives dans ce domaine ».

Les étudiantes terminèrent le tour par la visite des quelques salles de classe, toutes aussi moroses les unes que les autres. En rentrant au dortoir, Catherine réprimanda sa fille de ne pas avoir assisté à la visite de Madame Courselle mais elle se contint devant la nouvelle amie de sa fille, ravie qu'elle sympathise aussi rapidement.

Joséphine sentit la mélancolie s'emparer d'elle. Zélie lui tint des paroles de réconfort, en lui assurant qu'elle était bien logée, qu'une semaine passait rapidement et qu'elle serait de retour à Yonville en moins de temps qu'il n'en faut pour le dire. Ses paroles lui réchauffèrent le cœur. Sa mère et l'employée de maison prirent congé quelques heures plus tard, laissant Joséphine à son sort. Juliette passait de lit en lit pour saluer ses connaissances, elle se sentait bien seule à présent.

Chapitre 23 : 2024

Plusieurs semaines s'étaient écoulées depuis la tempête. Le paysage retrouvait peu à peu ses couleurs grâce au printemps, qui, lentement, s'installait. Le parc avait été débarrassé des branches, débris et décombres en tous genres. Le dégât le plus important restait la toiture du Chalet, en partie éventrée. Les démarches auprès de l'assurance furent fastidieuses, la compagnie cherchant toujours un nouveau moyen de refuser la prise en charge. En attendant, Emma ne pouvait pas débuter les travaux de réfection, n'ayant même pas les moyens de régler un acompte.

L'assurance finit par trouver un compromis mais il lui restait quelques centaines, voire milliers d'euros à amasser. La première provision payée, la commande des travaux fut établie. Ils débuteraient d'ici quelques semaines. Emma devait trouver une solution de financement. Dans le même temps, il fallait contenir les fuites à l'intérieur du Chalet.

Grâce à des solutions de fortune, elle avait réussi à limiter les dommages. Toujours est-il qu'une réfection des pièces serait nécessaire, entraînant encore des frais. Son frère n'avait pas souhaité lui verser un centime. Il jugeait que sa sœur n'avait pas entrepris les démarches nécessaires en temps voulu pour élaguer le conifère, ni pour déclarer son sinistre, alors que ces termes constituaient une condition de validité de leur accord de départ. Léopold parlait beaucoup, certes, mais ne prenait jamais la peine de mettre la main à la patte.

En dehors de cette ombre au tableau, la situation était au beau fixe. Jean se rétablissait aussi bien que possible. Il n'avait plus besoin de ses soins quotidiens et avait récupéré ses habitudes au premier étage. Seule une canne l'aidait dans ses déplacements, outil qu'il devrait certainement garder jusqu'à la fin de sa vie.

Alors qu'elle s'apprêtait à rejoindre la repasserie pour prendre des nouvelles, la sonnette de la porte d'entrée retentit. Elle alla ouvrir à un livreur. Il tenait dans ses mains un bouquet de fleurs d'une telle largeur que son visage en était caché. Elle le récupéra et remercia le livreur. De qui pouvait-il bien provenir ?

Elle chercha une carte au milieu des feuilles et des pétales et trouva une petite enveloppe enfouie au centre. Une première carte indiquait :

" Je vous prie de m'excuser pour l'altercation que nous avons eue l'autre jour. Nous entretenions simplement de très bonnes relations avec vos grands-parents. Nous aimerions les perpétuer. N'hésitez pas à me contacter aux coordonnées que vous trouverez. Je vous saurai gré de garder nos échanges pour vous. À bientôt."

La seconde carte était une carte de visite indiquant le nom et les coordonnées de ce qui semblait être un cabinet ou une entreprise, avec le nom d'un homme. Ce devait être lui qu'elle avait croisé "*Etienne Marchand, L'art et la Manière*".

Jamais elle n'avait entendu parler de cette société ou de cette personne. Elle aurait pourtant dû, si ses grands-parents étaient aussi proches de l'inconnu, comme il le prétendait. Toute cette histoire était louche, d'autant plus qu'il lui demandait de ne pas en parler.

Elle envoya tout de même un message à son frère et ses parents. Peut-être auraient-ils connaissance de ce nom ? Que ce fût Léopold ou ses parents, ils lui répondirent que non. Accompagnée de son fidèle compagnon, Emma se dirigea alors vers le Chalet.

Elle demanderait conseil à son voisin, en espérant qu'il puisse lui fournir des informations.

Comme à son habitude, la porte menant à la petite cour puis à l'entrée demeurait grande ouverte. Jean ne craignait pas les visites impromptues. Il répétait souvent que la seule chose à laquelle il tenait, et que personne ne pourrait lui dérober, était son honneur. Chacun ses principes après tout !

Elle monta les marches de la vieille repasserie, dépassée par Poppy qui les gravit à grande vitesse. Avant même d'avoir atteint le haut, elle perçut la voix de Jean "Bon chien, bon chien". Le canidé devait lui faire la fête. Une fois arrivée, Emma le salua.

– Bonjour Jean, comment allez-vous ?
– Oh, bonjour Emma. Tout va très bien. Maintenant que le temps se veut moins humide, mes articulations sont comme neuves ! Mon genou, ce scélérat, ne suit pas toujours la cadence mais on fait aller. Les premières fraises sont sorties, je vais aller en cueillir quelques-unes. Veux-tu m'accompagner ?
– Avec plaisir, je vous suis.

Jean tapota la tête de Poppy puis se mit en marche. Le chien ne le lâchait pas d'une semelle. Emma prit un instant pour savourer ce moment de paix. Avant cet épisode tempétueux, elle n'aurait jamais imaginé pouvoir entretenir une relation amicale avec son voisin. En réalité, il s'avérait être une personne aimable et bienveillante, bien que parfois rude et bourrue.

Ils cueillaient depuis de longues minutes les fruits, mûris à point par le soleil, lorsqu'il interrompit le silence :

— Votre locataire est revenue passer quelques jours à la Petite Maison de ce que j'ai pu voir.
— Oui, tout à fait, rien ne vous échappe. Elle apprécie beaucoup le cadre et la sérénité.

Emma ne voulut pas s'exprimer davantage. Le fait qu'il s'intéresse à ses clients relevait déjà du miracle. Ce devait représenter pour lui un effort considérable. Pourtant et à sa grande surprise, il reprit :

— *'Fin* bon... Votre Lucile là, elle a l'air d'une brave femme. Qu'avait-elle à dire de nouveau sur la famille ?
— Oui, elle m'a communiqué de nouvelles informations mais je ne pense pas que cela puisse vous intéresser.
— Je n'irai pas jusqu'à lire un roman sur le sujet mais pour autant ça m'intéresse. Je vis ici depuis plus longtemps que la plupart des habitants de ce patelin.

Sans débattre plus longuement elle débuta son récit ; la découverte des lettres par Lucile, le fait qu'elle pensait que ses arrières-arrières-grands-parents étaient ce Simon et cette Joséphine, qu'en réalité Simon se serait marié plus tard avec une certaine Maria, qu'on ne sait pas ce qui est advenu de Joséphine. Elle parla également des mémoires de Marceau, qu'il a semblé vivre à la même époque mais qu'elle ne comprenait pas pourquoi ses ouvrages se trouvaient à Yonville, que la lecture de ses livres, bien qu'enrichissante, devenait rapidement soporifique.

Une fois l'énumération terminée, elle se tut tout en continuant sa tâche. Elle n'attendait pas de réponse particulière de Jean. Pourtant, celui-ci cessa sa cueillette pour se relever avec lenteur. Il finit par s'asseoir sur une vieille chaise en bois qui traînait non loin de là. Il prit le temps de réfléchir. « Il y a aussi une Joséphine dans ma famille qui a vécu ici ». Elle cessa à son tour toute activité et se tourna vers lui.

– Vraiment ?
– Oui. Je ne l'ai jamais connu bien sûr. Il me semble qu'elle a vécu à la même époque que la tienne.

— Vous pensez qu'il s'agit de la même personne ? Comment connaissez-vous son existence?

Elle s'était assise dans l'herbe, les yeux rivés sur le vieil homme. Il laissait planer un suspense insoutenable, le regard perdu dans le vide, à la recherche de ses souvenirs.

— Oui c'est bien ça. Joséphine.

Il hocha la tête, satisfait que sa mémoire lui revienne.

— Tu sais, on n'était pas bien riche dans ma famille. Quand les parents fortunés lisaient des tas de livres le soir à leurs enfants, les nôtres, sans un sou, nous racontaient des histoires de famille. C'est grâce à ça que je connais ma généalogie sur des dizaines et des dizaines d'années.
— Racontez-moi.
— Oh tu sais, ce n'est pas très plaisant pour moi. Ma famille n'a pas toujours été reluisante.

Voyant le regard implorant de sa voisine, il concéda à lui narrer quelques phrases.

— On atterrit rarement à Yonville par hasard. Si j'habite ici, c'est le fait de mon épouse. Nous partagions tout. Il m'a fallu du temps pour lui raconter mon histoire familiale, tout simplement parce qu'en parler ne m'apportait rien. Elle, qui n'a pas eu la chance de connaître la sienne, a souhaité que je me rapproche de mes racines. Je savais que mes aïeux vivaient dans la Somme, raison pour laquelle nous avons emménagé ici peu après notre mariage. Vos grands parents devaient avoir notre âge à cette époque. Ils nous ont laissé nous installer pour presque rien. Ah ! On était 'bin contents c'est certain.

Il prit un instant puis soupira. Emma connaissait les raisons de son tourment :

— Je n'ai malheureusement jamais eu la chance de rencontrer votre épouse. Elle devait être une femme incroyable.

— Oh que oui... Une femme comme 'yen a pas deux. Elle est partie si tôt, si vite. M'enfin, elle tenait tellement à ce que je renoue avec mon patrimoine familial et nous avions été si heureux ici que je n'ai pas trouvé la force d'aller vivre ailleurs. Alors je suis resté pour elle, pour sa mémoire. J'ai élevé son fils.

Il marqua une nouvelle pause, observant les allers retours de Poppy occupé à chasser les oiseaux. Il se ragaillardit finalement :

« Tout ce verbiage pour dire que la présence de ma famille à Yonville ne remonte pas à hier. Ma mère, qui s'est mariée et partit vivre dans le sud, était issue d'une famille nombreuse. Je n'ai même pas connu la moitié de mes oncles et tantes. Ils devaient être une dizaine. Elle est née aux alentours de 1925. Son père, donc mon grand-père Georges, qui, dieu merci à réchapper à cette foutue guerre, a grandi ici. Des anecdotes que me racontait ma mère, lui et sa famille ont fini par déménager. Je n'ai jamais connu mon arrière-grand-père mais il s'appelait... Attends que je me souvienne... Charles, oui c'est ça. Pauvre vie qu'il a vécu celui-là. Il serait né d'une très bonne famille, admirée et respectée à son époque. Et puis un jour, son père l'a flanqué à la porte. Il a interdit à ce pauvre gosse de revenir. Tout jeunot qu'il était. Quel salaud. Tout ça pour quoi ? Parce qu'il avait découvert que cet enfant n'était pas le sien. Bien des années auparavant, sa femme avait fricoté une unique fois avec un invité de passage. Sans jamais lui avouer, elle avait fait passer Charles pour un enfant tout à fait légitime. Qu'elle ne fut pas la surprise du mari lorsqu'il découvrit que son cher fils était en réalité un bâtard. De peur que la nouvelle se répande, il a dégagé l'intrus de sa maison en prétendant que celui-ci allait étudier à l'étranger. Il en a vu des vertes et des pas mûres, j'te l'dis ».

Emma resta interdite pendant un instant, attristée par cette histoire. Cette époque révélait ô combien les liens du sang primaient sur le reste.

— Je suis désolée de l'entendre...
— Pendant longtemps j'en ai voulu à cette famille, c'est vrai. Par leur titre, elle pouvait faire ce que bon lui semblait. C'est à cause d'elle que les générations suivantes ont dit se salir les mains, plus qu'il n'en faut, pour tenter de se nourrir. Et puis la situation a évolué. Maintenant tu as repris le flambeau, tu en abats pour garder à flot ce patrimoine.
— Je prends cela comme un compliment. Vous m'aviez mal jugé !
— J'ai simplement pris mon temps voilà tout.
— Nous pouvons remercier mes grands-parents, sans qui tout cela ne serait pas possible. Vous ne pensez pas ?

Il se contenta de grommeler.

— Jean, vous ne pensez pas ? Ils vous ont permis de débuter une nouvelle vie.

Son visage, jovial quelques minutes auparavant, se referma. Il reprit son attitude bourrue.

— Pourquoi réagissez-vous de la sorte lorsque j'évoque mes grands-parents ? Je les ai toujours connu attentionnés à votre égard.

— Je ne discuterai pas d'eux, un point c'est tout.

— Et pourtant j'ai besoin que vous m'éclairiez ; j'ai rencontré un homme, très étrange, il y a quelques jours. Je ne comprenais rien à rien. Il m'a envoyé des fleurs aujourd'hui avec sa carte. Un certain... attendez.

Elle saisit la petite enveloppe dans sa poche arrière.

— Etienne Marchand de chez *L'art et la Manière*. Il m'a demandé de le contacter. Ça vous dit quelque chose ?

— Tu es une fille bien, tu n'as rien à faire avec ces malotrus.

— Vous ne répondez pas à ma question.

Il se leva, enfonça sa casquette un peu plus sur son crâne puis, d'un pas presque couru, remonta à la repasserie. Poppy voulut trottiner à sa suite mais reçu une remontrance à laquelle il ne s'attendait pas. La queue entre les jambes, il regagna les pieds de sa maîtresse.

Personne ne voulait l'éclairer sur la situation ? Qu'importe, elle chercherait elle-même.

Chapitre 24 : 1894

La première nuit ne fut pas des plus agréables. Joséphine dormait rarement à l'extérieur de chez elle et lorsque ces rares cas se présentaient, elle bénéficiait d'un logis tout confort. Elle dut prendre sur elle pour dormir au milieu de dizaines d'autres filles, discutant et ronflant à ses côtés. Elle avait à peine pu compter sur Juliette pour ne pas se sentir seule. Cette extravertie de nature n'avait cessé de renouer les liens avec d'anciennes camarades.

La gardienne en chef annonça le réveil en tambourinant lourdement à la porte. Les habituées se levaient d'un bond, leur toilette déjà prête au bord de leur lit. Joséphine comprit rapidement la raison de ce comportement. Lorsque certaines élèves lambinaient au lit, la gardienne redoublait de force et cette fois en hurlant à pleins poumons des ordres inintelligibles. Une fois levées, les jeunes femmes subissaient les conséquences de leur paresse : la salle d'eau commune, pleine à craquer, regorgeait de flaques, d'éviers salis, de parfums divers et de conversations sonores. Alors que les étudiantes les plus matinales pouvaient s'apprêter dans le calme.

Elle se laissa entraîner par le mouvement. Se préparer sans l'aide de Zélie se révélait plus désagréable que prévu. De plus, elle devait se hâter à chaque minute. Finalement elle réussit à être prête dans les temps pour rejoindre le réfectoire. Dans la même idée, les premières filles préparées bénéficiaient d'un petit déjeuner complet alors que les dernières récupéraient les miettes. Cette manière de vivre sauvagement ne lui plaisait pas du tout. Elle réussit à retrouver Juliette qui finissait son repas. Celle-ci la questionna sur ses premières impressions.

— Notre vie semble chronométrée.

— Oh oui, ce n'est rien de le dire. « *La rigueur permet d'apprendre à gérer correctement son temps. Une femme se doit de savoir le faire* ». Madame Courselle n'a de cesse de nous répéter cet adage.

— Je n'avais jamais besoin de contrôler le temps chez moi.

— Tu apprendras rapidement.

— Le temps m'a manqué pour étudier l'emploi du temps. Quels cours allons-nous suivre aujourd'hui ?

— Tu auras la joie, que dis-je, l'honneur de découvrir les matières d'éducation familiale, d'hygiène et sécurité, ainsi que de gestion du budget familial. Passionnant n'est-ce pas ?

— Exaltant... La journée paraît bien dense.

— Elle le sera. L'établissement nous impose dès le début un rythme soutenu. Cette année, je ne manquerai pas un seul cours et ne chômerai pas durant les révisions. Il est hors de question pour moi de rester une année supplémentaire.

Sur ces mots, Juliette récupéra son plateau vide et quitta la table. Joséphine demeura seule de nouveau, précipitée par le temps qui ne cessait de courir. Elle engloutit une partie de son repas à la hâte. Aucun domestique ne l'attendait, théière à la main, pour lui présenter des viennoiseries fraîches. La jeune femme ne représentait plus le centre de l'attention et il fallait l'admettre, cette situation lui était insupportable. Elle délaissa son plateau aléatoirement pour suivre le mouvement des étudiantes. L'heure du premier cours approchait.

La matinée fut des plus soporifiques. L'éducation familiale était dispensée par une femme âgée, élancée, droite comme un piquet. Des rides profondes marquaient son visage, signe d'une vie menée au garde à vous depuis de longues années. Sa chevelure grisonnante se trouvait étroitement liée par un chignon, par lequel aucune mèche ne pouvait s'échapper. Elle s'exprima longuement sur le sujet des enfants ; le devoir qu'ils représentaient pour une femme, la nécessité de les éduquer suivant les bonnes mœurs, l'exigence de leur inculquer les valeurs essentielles de loyauté, de savoir-être et de rigueur. Joséphine rencontra bien des difficultés à écouter cette femme qui semblait aigrie. Sa voix était teintée d'amertume. Et ce cynisme, tout autant que ses mots, démontrait une certaine déception de la vie.

S'ensuivit un cours d'hygiène et de sécurité, aussi embarrassant qu'inutile. Juliette et d'autres élèves lui apprirent qu'il ne fallait surtout pas suivre ces conseils d'hygiène féminine, jugés bien trop archaïques.

Joséphine attendait la dernière matière avec plus de hâte. La gestion du budget familial, autrement dit de la comptabilité, s'avérait être un domaine qu'elle maîtrisait mieux. Il s'agissait de connaissances utiles, pragmatiques, permettant à tout un chacun de s'affranchir d'une dépendance financière.

Les étudiantes s'installèrent en silence dans la salle de classe, vieillie par le temps. Il fallut un instant à Joséphine pour apercevoir le professeur qui enseignerait ce cours. Sa présence était d'une discrétion telle, que peu d'élèves l'avait remarqué. Aucune des filles ne le connaissait, il s'agissait d'un nouvel enseignant. Il ne devait pas avoir plus de trente ans, ce qui attisait la curiosité des plus candides. Malgré un physique plutôt banal, il n'en fallait pas plus pour faire naître des commérages. Ce n'est qu'une fois descendu de l'estrade pour se présenter que la plupart des étudiantes se désintéressèrent de lui. Sa petite taille, accentuée par des jambes arquées, s'additionnait à un manque de charisme évident. Pourtant lorsqu'il s'exprima, sa voix révéla une réelle douceur. Il dégageait une sympathie certaine :

« Bonjour à toutes. Je suis Monsieur Bataille, votre professeur de comptabilité. Lors de ce cours nous étudierons les différentes techniques permettant de construire et tenir le budget nécessaire à la gestion de votre famille. Ce rôle revient évidemment à votre futur époux. Toutefois, certaines circonstances peuvent empêcher le chef de famille de mener à bien cette tâche, nécessitant donc que vous maitrisiez la matière ».

Il marqua un temps de pause afin de s'assurer que les étudiantes suivaient son discours, puis reprit :

« Nous allons commencer par un tour de présentation. Il s'agit de ma première année dans cet établissement, il est important de débuter sur de bonnes fondations. Prénom, nom cela suffira ».

Il invita la première table à amorcer la présentation. Les autres suivirent timidement, alors qu'on pouvait entendre glousser ici et là les filles les plus timides. Joséphine leva les yeux au ciel, exaspérée par la mièvrerie dont faisaient preuve certaines camarades. Puis, son tour vint. Elle annonça son prénom puis son nom. Il lui sembla que l'enseignant la dévisageait. Elle soutint son regard et lorsque sa voisine s'exprima à son tour, il revint à la raison. Il cligna des yeux plusieurs fois et se concentra de nouveau sur la présentation des élèves. Aucune des filles ne semblait avoir remarqué ce moment, à part Joséphine.

***

Ses bagages préparés depuis le matin, Joséphine attendait le moment béni où la directrice ouvrirait les portes de l'établissement, laissant les élèves enfin libres de rentrer chez elles. Les discussions allaient bon train, de celles qui avaient hâte de retrouver leur famille, amis ou fiancé, à celles qui s'impatientaient de retrouver le confort du foyer.

Quelques camarades questionnèrent Joséphine sur ce qu'elle prévoyait pour ce premier week-end de liberté. Elle falsifia la vérité, prétendant une réunion de famille, ne pouvant avouer aux autres qu'elle irait rejoindre son soupirant de classe ouvrière. Les larges portes s'ouvrirent enfin, dans un craquement sonore. Toutes les filles se pressèrent pour sortir. Catherine avait prévenu sa fille que leur chauffeur l'attendrait à la sortie.

Le soleil de mai resplendissait, ce qui permettait à ce dernier de se rendre à Amiens avec la Panhard & Levassor neuve. Tout autour, de nombreux passants stupéfaits jetaient des regards envieux sur la carrosserie éclatante.

Elle s'installa aux côtés du chauffeur. Bien que remarquable d'innovations et de technologies, cette voiture demeurait bien moins confortable à ses yeux que les solides diligences dont elle avait l'habitude. L'absence de toit la décoiffait sans cesse et le manque de place l'obligeait à côtoyer de trop près le vieux conducteur à ses côtés. Ils parvinrent finalement à destination en milieu d'après-midi. Catherine attendait sa fille au bas de la porte, prête à accueillir le récit de sa première semaine d'enseignement.

Elles s'installèrent à la bibliothèque où les attendaient biscuits, fruits et thé. Joséphine détailla les cours, le rythme de l'école, les différentes camarades avec qui elle avait pu sympathiser ; le tout non sans une pointe d'amertume, pour rappeler à sa mère qu'elle ne lui avait pas pardonné sa décision de l'envoyer là-bas. Intérieurement, elle bouillonnait, ne cessant de penser à Simon qui devait l'attendre.

Elle y avait pensé chaque jour, ressassant dans son esprit la dernière vision de lui alors qu'il l'avait regardé partir. Une fois la narration terminée, elle se retira dans sa chambre pour se changer. Le trajet fut astreignant, elle souhaitait enfiler une tenue plus confortable. Zélie l'attendait dans la pièce avec une toilette préparée.

L'employée de maison la connaissait sur le bout des doigts et savait pertinemment ce qu'elle aimait porter et en quelles circonstances. Elle se hâtait de connaître chaque détail de sa semaine mais cette dernière semblait empressée.

Il n'apparaissait pas utile de la questionner sur la raison de son impatience, Zélie la connaissait. Par politesse, elle prit des nouvelles de sa maîtresse puis se contenta de l'aider à se vêtir. La tenue enfilée, la coiffure retouchée, Joséphine ne prit pas la peine de se maquiller ou d'ajouter des bijoux. Elle sortit de sa chambre, emprunta l'escalier de service afin de s'assurer que ni sa mère ni son père ne la verraient et sortit dans le parc. L'air ambiant n'imposait plus de porter de veste désormais. En cette fin d'après-midi, le soleil continuait de diffuser une douce chaleur.

Comme à son habitude, Joséphine se rendit sur le sentier menant au corps de ferme. Elle traversa les bâtiments sans passer par les artères centrales, au risque d'être repérée. À mesure qu'elle progressait vers la menuiserie, son cœur s'emballait, l'adrénaline montait, ses jambes flageolaient. Elle atteignit enfin la vieille bâtisse où des sons stridents d'outils se faisaient entendre.

Lentement, tout en contrôlant les alentours, elle se dirigea vers la porte. Personne ne se tenait dans les environs. Elle franchit le pas de la porte et l'aperçut. Un tronçon de bois dans les mains, il effectuait des allers retours dans le but de lui donner une forme spécifique. Ses bras, tendus par l'effort, maintenaient un mouvement régulier. Même de dos, Joséphine pouvait deviner la concentration sur son visage. Elle avait appris à lire ses mouvements et ses gestes, dans les moindres détails.

Pendant de longues secondes elle resta immobile, retenant son souffle. Simon finit par stopper tout action puis releva la tête. Les deux jeunes gens demeurèrent ainsi dans le silence, sentant leur présence commune et la tension palpable.

Il pouvait la sentir sans la voir. Elle portait toujours ce parfum, semblable au coton. Cette odeur, il l'avait senti à de nombreuses reprises. Pourtant, elle lui faisait encore le même effet. Elle déclenchait en lui l'envie de la serrer dans ses bras et ne plus jamais la lâcher. Il abandonna ses outils pour se tourner vers l'entrée. Il la vit. La femme dont il attendait le retour avec impatience. Aussitôt, dans un élan puissant, il s'avança vers elle, posa ses mains de part et d'autre de son visage et l'embrassa passionnément. Elle sentit la chaleur de ses mains, chauffées par la tâche difficile qu'il venait d'effectuer et se laissa succomber à cette étreinte. Puis, ils reprirent leur souffle et se dévisagèrent.

Au loin, une voix se fit entendre. Le couple se tenait encore dans l'embrasure de la porte. Il dirigea la jeune femme vers le mur le plus reculé et l'embrassa de nouveau. Ils s'enlacèrent et se détachèrent ensuite.

— Oh, Jo... Je me languissais de vous revoir et vous prie de m'excuser pour mon stupide comportement au moment de vous quitter.

— Ne vous excusez pas, il n'y a rien à pardonner.

— Comment allez-vous ? N'êtes-vous pas épuisée par le voyage ?

— Le repos peut bien attendre, il me tardait aussi de vous retrouver. La semaine fut interminable.

— Racontez-moi.

Ils s'installèrent sur des fauteuils de fortune. Main dans la main, Joséphine entreprit de lui raconter chaque détail. Simon buvait ses paroles. L'éloignement avait accru son désir, celui de la voir, de la toucher, de l'entendre parler. Lorsqu'elle se tut finalement, la nuit commençait à tomber. Elle prit conscience de l'heure et se leva d'un bond.

— Mes parents vont s'inquiéter et envoyer toute la maisonnée à ma recherche. Je dois rentrer.

Ce fut un réel plaisir de vous revoir. Je n'ai aucune envie de partir.

— Et je n'ai pas la moindre envie que vous me quittiez.

— Je repasserai dès que possible.

— Sachez que j'ai rompu mes fiançailles. Ma place est à vos côtés. Je vous aime Joséphine et ne cesserai de vous écrire lorsque vous serez loin de moi.

Elle crut en pleurer. Il ne s'agissait pas de paroles hasardeuses, dans une faible tentative de séduction mais d'un discours empreint de vérité. Elle s'approcha, posa ses mains sur lui et traça de ses doigts les lignes sculptées de son visage :

« Vos paroles me réjouissent. Je les chérirai lorsque la mélancolie m'accablera, à des kilomètres de votre doux visage ».

Elle aurait voulu lui dire qu'elle l'aimait aussi mais jamais elle ne l'avait prononcé, pas même à ses parents, à son frère ou à une simple amie.

Elle se contenta de lui poser un baiser délicat sur les lèvres. Ils demeurèrent ainsi puis la tension s'éleva, leur échange devint plus fougueux, des caresses s'égarèrent à des endroits qu'elle n'avait jamais atteints. Son cœur s'emballa de nouveau. Elle frissonnait, ses jambes ne la tenaient plus. Elle se perdit à son contact. Soudainement, Simon s'écarta. Elle put sentir la chaleur redescendre et lorsqu'elle reprit ses esprits, elle remarqua qu'il était dans un état similaire : tremblant, rougi de désir, la respiration saccadée :

— Je me suis égaré, je suis navré.

— Ne le soyez pas, vous n'avez rien fait de mal, je ne vous refuse aucun geste.

— Le respect que j'ai envers vous surpasse tout le reste. J'attendrai. Vous devriez rentrer auprès de vos parents, avant qu'ils ne crient à l'enlèvement.

— Vous avez raison. Au revoir Simon.

— Au revoir Jo.

Elle quitta la menuiserie, s'engouffra dans les chemins de la propriété désormais déserts. Elle marcha instinctivement à la manière d'un automate. Par habitude, elle emprunta la porte de service et rejoignit ses parents à l'instant même où ils se rendaient dans la salle à manger pour le dîner. Elle leur affirma s'être tout juste réveillée d'une sieste réparatrice. En réalité, elle se souvenait à peine du chemin retour et ses jambes tremblaient encore.

Chapitre 25 : 2024

Au terme d'une longue journée de travail, Emma s'accorda un moment dans la bibliothèque pour reprendre la lecture des mémoires de Marceau. Poppy, qui connaissait désormais ce rituel, s'installa aux pieds du gros fauteuil et s'endormit au son des vieilles pages qu'elle tournait.

Le deuxième chapitre débutait sur la première journée de travail de Marceau. Il avait emménagé quelques jours auparavant et avait hâte de débuter l'année scolaire. Pour décrocher ce poste, il avait répondu à une annonce dans le journal. Une école pour filles recherchait un professeur de comptabilité pour enseigner la matière suivante « *gestion du budget familial par la maîtresse de maison* ». Une simple lettre motivant ses intentions d'intégrer l'établissement suffit.

Par la suite, il eut l'occasion de rencontrer la directrice et quelques professeurs. L'ambiance au sein de l'école, bien qu'austère envers les élèves, était plaisante parmi le corps enseignant. La visite des lieux lui rappela la lointaine époque où lui-même assistait avec enthousiasme aux leçons dispensées en classe.

Le matin même de son premier jour, il ressentit une légère anxiété. Du haut de sa petite taille et de son jeune âge, à peine 30 ans, il occupait la position la moins crédible parmi les professeurs. Pour oublier cette pensée négative, il prépara longuement ses cours, adaptés aux différents niveaux d'étude. La journée se déroula sans accroc. Il savait que sa matière ne représentait pas la plus inspirante de toutes pour les élèves mais la plupart des jeunes femmes se montrèrent intéressées.

Alors que chaque chapitre se distinguait habituellement des autres en termes de temporalité, le suivant faisait exception à la règle. Ce changement intrigua Emma. Elle continua la lecture avec avidité. Marceau écrivait,

« Quatre heures sonna l'heure de la dernière classe de la journée. La fatigue me taraudait peu à peu mais, au fil des heures de cours, je devenais plus aguerri. Ce dernier cours ne représentait donc aucune difficulté notable me disais-je. Je n'aurai pas dû me fier à cette fausse évidence.

Les élèves s'installèrent bruyamment puis se turent en remarquant ma présence. J'attendis qu'elles fussent à l'écoute pour débuter la présentation. En débitant mes paroles, je survolais des yeux l'assemblée. De la part de pionniers de

l'enseignement, j'avais reçu comme conseil d'analyser dès les premiers instants les étudiants en face de moi. Une fois le programme des leçons dévoilé, j'entrepris de demander aux élèves de se présenter chacune leur tour. J'entendais ici et là des rires, des chuchotements, des gloussements, sans pour autant prêter attention à ces enfantillages.

Une majorité d'étudiantes m'avait communiqué leur nom et prénom lorsque vint le tour d'une élève aux boucles brunes. Je posai mon regard sur elle, comme pour le reste de la classe, afin de retenir au mieux les visages. Je remarquai prestement que l'étudiante n'arborait pas le même âge que ses camarades. Elle semblait légèrement plus âgée. Mes yeux croisèrent les siens. Un frisson parcourut mon corps, comme si un éclair avait traversé mon être tout entier. Son sourire timide semblait illuminer la pièce. Chaque mouvement de tête entraînait ses cheveux, qui dansaient en harmonie avec les battements de mon cœur.

Dans cet instant fugace, le temps semblait suspendu, et je me suis senti captivé par sa présence. C'était comme si le destin avait orchestré cette rencontre, et je savais au plus profond de moi-même que cette jeune femme allait changer ma vie à jamais. Elle annonça son nom, son prénom mais je n'écoutai plus. Il passa quelques secondes puis la voix de sa voisine de table me sortit de cette léthargie. J'espérai de tout cœur qu'aucune des élèves n'ait remarqué ce moment d'égarement. Je repris immédiatement le fil du cours.

Lorsque le son strident de la cloche sonna la fin de la leçon, les jeunes filles se hâtèrent de sortir de la salle. Comme je n'avais pu retenir son prénom et qu'il me fallait le connaître, je la désignai afin qu'elle efface le tableau noir. Usant d'une ignorance feinte, je lui demandai une nouvelle fois son prénom. "Joséphine" me dit-elle. Elle portait ce nom comme aucune autre, avec autant de charisme que notre grande impératrice et autant d'élégance que la célèbre reine de Suède. Elle effectua sa tâche puis quitta la pièce sans se retourner. Il me tardait alors de la retrouver à l'occasion du prochain cours ».

Emma fut abasourdie. Les nœuds se déliaient, les connexions fusaient. Elle réfléchit ardemment. Lucile lui avait indiqué que Joséphine et Simon entretenaient une relation épistolaire mais que ce dernier s'était engagé avec une certaine Maria. Par la lecture des lettres, la locataire avait également affirmé que Joséphine habitait Yonville. Un réel lien, un lien solide même, existait donc entre Simon, Joséphine et Marceau.

Peut-être s'étaient-ils rencontrés ? La situation aurait été bien délicate... Néanmoins, il s'avérait évident qu'une histoire reliait le professeur et la jeune châtelaine. Emma descendait-elle de ces deux personnes ? Une vague d'adrénaline la parcourut. Le chapitre n'étant pas terminé, elle poursuivit.

« Durant les semaines qui suivirent cette rencontre, je ne pus me résoudre à l'oublier. Il s'agissait là d'une quête peine perdue étant donné que j'enseignais une matière fondamentale de son cursus. Qui plus est, elle s'intéressait réellement aux leçons et démontrait une envie d'apprendre certaine.

Dès que l'occasion se présentait, je feignais d'avoir besoin d'une assistance pour nettoyer le tableau, distribuer des copies ou j'inventais des consignes à lui donner. Elle se montrait, de loin, la plus brillante des élèves de ma classe.

Oui mais voilà. Je représentais la figure professorale, elle demeurait une élève. Ce lien d'autorité, qui ne pouvait être rompu par une romance réprouvable, me contraignait chaque jour à garder une stature décente. J'eusse tenté de contenir ces sentiments, en vain. Au fil des leçons, j'eus l'impression que Joséphine se complu à entretenir cette relation de proximité. Je fus alors pétrifié et exalté à l'idée que nos pensées puissent se retrouver. Elle maniait la bienséance avec une parfaite adresse, de sorte qu'aucune de ses camarades ne pouvait apercevoir ses habiles manœuvres. Son intérêt pour la matière et sa capacité à triompher de chaque examen lui permettaient de venir me voir en fin de cours afin de me poser diverses questions.

J'eus l'occasion d'en apprendre davantage sur elle, son âge, ce qu'elle appréciait étudier, où elle habitait. Le vendredi soir, elle se rendait chez ses parents à mon plus grand désespoir.

Le fait qu'elle réside dans une bourgade nommée Yonville fut une révélation lorsque je l'eusse appris. Ce nom m'évoquait le bourg du célèbre ouvrage de Gustave Flaubert, écrivain cher à mes yeux, décédé 14 ans auparavant. Cette œuvre fut sévèrement réprimandée pour obscénité et immoralité ; heureux hasard qui ne manqua pas de m'amuser.

Je n'osais me confier à quiconque au sein du corps enseignant. Les autres professeurs, peu enclins aux familiarités, m'auraient certainement orienté vers la sortie. Je pus me confier, par échanges de lettres, à l'un de mes frères que je savais de bons conseils.

Il m'a alerté sur les tactiques sournoises et malicieuses des jeunes femmes, empreintes d'un désir de plaire, et capables de fourvoyer n'importe quel soupirant. Cette révélation me chagrina plus que de raison. J'entrepris d'installer une distance avec Joséphine. Je ne la sollicitais plus, demandant plutôt à ses camarades l'exécution d'une tâche, répondais vaguement à ses interrogations et quittais la salle de classe au pas de course. Elle aperçut ce changement d'attitude et je ne pus conserver cette froideur plus longtemps. »

Le chapitre se terminait par cette phrase. Emma, avide de connaître la suite, voulut poursuivre sa lecture. Il manquait des pages, elles avaient été arrachées ou bien détachées par le temps. Il fallait qu'elle les retrouve.

Sans attendre, elle fouilla les étagères. Rien. Elle se rendit au grenier, là où une pièce remplie d'ouvrages l'aiderait peut-être. La nuit tombait mais qu'importe. La volonté de découvrir la suite lui donnait une énergie nouvelle.

Rien ici, rien sur cette autre pile de livres. La plupart d'entre eux se décomposaient dans ses mains, sous l'effet du temps. Prise dans son élan, elle heurta un objet qui lui entailla la main. Elle ne put s'empêcher de jurer. D'un geste de colère, mêlé de frustration, son poing frappa le mur. Elle se blessa d'autant plus mais la façade sembla bouger. Son irritation laissa place à la curiosité. Approchant sa lampe torche, elle retira avec soin quelques gravas. Une niche apparue alors dans le mur. Une boite en fer se tenait là, les clés encore sur la serrure.

Emma saisit la lourde caisse rouillée et enclencha le loquet. Espérant retrouver de l'agent caché, elle fut déçue de découvrir un amas de papiers. Il y avait des lettres, des documents comptables… Sans s'attarder dessus, elle saisit un autre document. En en-tête du papier jauni elle lut :

"L'art et la manière,
Etienne Marchand
02 avril 2004"

Chapitre 26 : 1894

Joséphine se réveilla désorientée, ne sachant si elle se trouvait dans le confort de sa chambre ou dans l'exiguïté de son lit à l'école. La réponse lui vint rapidement lorsqu'elle tourna la tête vers la fenêtre. L'été, avec ses journées ensoleillées, diffusait une douce lumière à travers les rideaux. Il avait plu toute la semaine à Amiens, et ce temps estival la ravissait. Elle avait pris ses marques, tout comme ses parents, lorsqu'elle rentrait à Yonville le week-end.

En descendant pour le petit déjeuner, elle trouva sa mère assise à table, dégustant une tasse de thé fumante. Son père était parti travailler depuis plusieurs heures. Elle le croisait à peine depuis son arrivée à l'école mais cette situation lui convenait parfaitement car elle devait discuter avec sa mère de Charles. Son départ avait eu pour conséquence de ne plus le rencontrer chaque mercredi devant le Moulin de Frucourt et elle s'inquiétait de ne plus avoir de nouvelles en son absence. Catherine avait finalement accepté de prendre le relais, usant de stratagèmes pour ne pas éveiller les soupçons de son mari. Charles, bien que réfractaire au départ, s'était rendu à l'évidence.

L'aide de Catherine lui était vitale. Sa belle-fille avait d'ailleurs pu bénéficier de son aide à l'occasion de la naissance de leur deuxième enfant. Joséphine fut ravie d'apprendre la nouvelle. Une jolie petite fille naquit dans les meilleures conditions et à l'abri de tout risque infectieux. Sans Catherine, cette option n'aurait pas été envisageable. Elle se rendait toutes les deux semaines au Moulin afin de remettre à Charles quelques francs germinal, des vivres et des médicaments pour Pierre. Catherine indiqua à sa fille que Pierre ne se sentait pas mieux. Son état de santé se dégradait malgré les soins prodigués.

Bien que cette nouvelle douloureuse la heurtât, Joséphine remercia sa mère pour sa sincérité. Elle tenait à connaître les détails de la santé de son neveu. L'enfant toussait de plus en plus, pris de violentes quintes de toux, allant jusqu'à rejeter des filets de sang. Catherine promit de faire venir un médecin pour l'ausculter et découvrir le mal qui l'habitait. Joséphine passa une partie de sa journée dans la petite chapelle du Château, priant, suppliant pour que son neveu guérisse.

Le samedi soir, à l'heure du repas, Joséphine se sentait encore désespérée. Une puissante contrariété l'agitait car elle se savait démunie face à la maladie.

Son père engagea la conversation en amenant un sujet délicat. Elle ne se sentait pas la force de débattre avec lui ce soir.

— Alors Joséphine, racontez-moi votre semaine. Qu'avez-vous appris ?

— En réalité les cours se suivent et se ressemblent.

— Oui, oui.

Il n'écoutait même pas les réponses, perdu dans ses réflexions :

— Vous avez intégré cette école il y a de cela plusieurs semaines, plusieurs mois. Il serait temps de récolter les fruits de votre labeur, et de notre investissement par la même occasion. Vous n'avez pas daigné donner suite aux prétendants que je vous ai amenés à Noël. Avez-vous rencontré un jeune homme convenable lors de vos soirées mondaines ?

— Non père.

— Une idée merveilleuse m'est venue. Certains de mes collègues, investisseurs ou fournisseurs recherchent un bon parti pour leur fils. Nous poursuivons le même objectif. Je vais organiser une rencontre. Il suffira que j'étudie leur profil...

— Non, je refuse !

– Pardonnez ? À quel instant ai-je sollicité votre avis ?

– Je ne peux pas...

– Quelle excuse allez-vous me fournir cette fois ?

– J'ai... j'ai rencontré un gentleman.

– Vraiment ? Vous me contiez pourtant le contraire à l'instant. Qui est donc ce chanceux ?

– Vous ne le connaissez pas.

– Eh bien, cela ne saurait tarder. A-t-il une bonne situation et les meilleures intentions ?

– Oui de très bonnes. Il exerce en tant que professeur.

– Nous aurions pu dégoter pire. Dites-lui de se rendre à Yonville dès que possible.

L'information avait été révélée, bien qu'en partie faussée. Elle avait tenté de clore la discussion par un renseignement hasardeux, que son père avait saisi en plein vol. Il est vrai qu'elle avait rencontré cet enseignant. La première heure de cours lui avait suffi à interpréter les regards insistants.

Jamais il n'avait eu de gestes déplacés ou de paroles inappropriées. Comme un adolescent, il avait tenté de se lier d'amitié avec elle, ce qui avait attendri la jeune femme. Elle ne pouvait démentir le fait qu'il s'agissait d'un homme bon, droit et profondément gentil. Peut-être en avait-elle profité pour se sentir rassurée, appréciée, désirée. Les semaines à l'école pouvaient paraître infinies. Le cours de comptabilité lui permettait de changer d'air, de souffler un peu aux côtés d'un individu de plus en plus familier. En tout état de cause, elle appréciait réellement la matière et notamment la pédagogie avec laquelle il l'enseignait.

Désormais, elle ne pouvait plus reculer. Dans quelle situation s'était-elle empêtrée ? Roland ne lâcherait pas l'affaire. Or, elle connaissait déjà l'identité de la personne avec qui elle finirait ses jours. Simon. Il faudrait du temps et de la patience afin qu'il soit accepté mais cela ne l'effrayait pas.

Le dimanche midi, elle feignit un état nauséeux pour échapper au déjeuner dominical. Elle affirma à ses parents devoir prendre l'air afin de se sentir mieux. En réalité, un autre programme l'attendait.

Lorsqu'elle suivait ses cours à Amiens la semaine, Simon lui faisait parvenir des lettres. Il inscrivait en expéditeur le nom d'une "amie d'enfance" de Joséphine pour ne pas éveiller les soupçons. Ils échangeaient sur chaque détail de leur vie respective. À l'occasion de leur dernière correspondance, Simon avait proposé de changer leurs habitudes pour le prochain week-end et de se rencontrer cette fois en dehors du corps de ferme. Joséphine avait émis l'idée d'un pique-nique à l'orée du bois de Yonville, où le passage était réduit voire inexistant. Ils s'accordèrent sur cette activité, à son plus grand bonheur. En rentrant à Yonville le vendredi soir, elle passa par l'office pour demander à Zélie de lui préparer un pique-nique en prévision du dimanche midi.

Peu de temps avant de rejoindre Simon, elle la sollicita pour se changer. Catherine l'avait encouragé à porter une tenue confortable et chaude au vu de son mal-être. Elle abandonna la lourde robe aux couleurs démodées pour enfiler une tenue plus légère, qu'elle savait plaisante à regarder. Sa femme de chambre, à la perspicacité accrue, avait soigné la toilette et avait pris soin de lui faire porter une veste qui cachait le tout. Le soleil d'été avait teinté sa peau d'un léger hâle, faisant ressortir ses yeux verts et lui permettant de sortir sans artifice.

Avec une pointe d'angoisse, Joséphine se dirigea vers les chemins sinueux menant au cœur du bois, un panier largement garni à la main. Elle ne pouvait se permettre de longer les bosquets par les routes stabilisées. Pas après pas, elle tenta de passer outre les ronces, fougères et autres obstacles. Sa robe s'accrochait ici et là, ce qui lui arracha quelques jurons. Lorsqu'elle fut arrivée et qu'elle put enfin lever les yeux du sol, elle vit Simon qui l'attendait. Elle ne savait pas depuis combien de temps il patientait là, le sourire aux lèvres. Son anxiété et son mécontentement s'envolèrent.

Il avait installé une large nappe sur le sol et sur laquelle il avait placé une couverture afin de ne pas subir l'humidité de la rosée encore présente à cette heure. Au centre, un vase en bois poli trônait, d'où ressortait un timide bouquet de fleurs des champs. Cette intention était touchante, elle sourit.

Lentement, il la rejoignit et saisit délicatement sa main pour l'aider à rejoindre le lieu de pique-nique sans encombre. Il la délesta de son panier, le posa sur le sol et la saisit dans ses bras. Ils restèrent un moment enlacés ainsi, profitant de se retrouver. Ils s'installèrent ensuite sur la couverture tant bien que mal. Leur maladresse leur décrocha un rire. Simon ouvrit la bouteille de champagne apportée par sa partenaire et en retira le bouchon. Il versa soigneusement la boisson dans des coupes qu'il fallait prendre soin de ne pas briser. Après s'être abreuvés d'une première gorgée, ils débutèrent leur repas. Zélie avait préparé une salade de tomates, des tartines de terrine et des sandwichs.

Ils discutèrent de bon cœur en dégustant leur repas. Une fois rassasiés, ils prirent un instant de silence pour écouter le chant mélodieux des oiseaux et profiter des rayons de soleil, parmi l'ombrage, qui chauffaient leur visage.

Pour une fois, le temps ne pressait pas. Personne ne les attendait, personne ne les surprendrait. Dans ce contexte, ils prirent la liberté de s'allonger pour s'accorder quelques instants de repos. Simon s'adossa sur l'imposant panier de pique-nique alors qu'elle posa sa tête sur son torse. Il la garda enlacée entre ses bras. Elle finit par s'endormir au doux rythme des battements de son cœur.

Quelques instants plus tard, elle ne saurait dire combien exactement, elle ouvrit les yeux. La sieste fut reposante, tout son corps s'était détendu. Elle se redressa pour observer Simon. Le regard perdu dans le vide, il continuait machinalement de lui caresser les cheveux. Lorsqu'il remarqua son réveil, il posa un regard attentionné sur elle et lui sourit.

Elle ressentit à cet instant un désir, plus fort, plus intense. Peut-être se justifiait-il par le fait qu'ils soient seuls, loin des regards indiscrets. Il remarqua son attitude et comprit. Une vague de chaleur le traversa lorsqu'elle s'approcha de lui pour l'embrasser. Il connaissait ses intentions. Alors qu'elle lui faisait comprendre ses desseins par des gestes habiles qui ne le laissèrent pas de marbre, il la retint. Il préférait s'assurer de son accord et des conséquences d'un tel acte. Elle réitéra son consentement et accompagna ses paroles d'un geste sans équivoque en retirant les lacets de son corset. Avec délicatesse, ils dénouèrent le corsage à quatre mains.

Ils s'adonnèrent plus intensément au plaisir de se retrouver, par la fusion de leurs corps en tension. Simon n'eut jamais connu une telle sensation, une complétude si naturelle. À chaque instant, il s'assurait du bien-être de sa partenaire, que la passion rendait plus confiante et plus entreprenante.

***

Une partie des oiseaux s'était tue, retrouvant la douceur de leurs nids, lorsque Joséphine emprunta le chemin du retour. Le soleil déclinait alors à l'horizon. Elle pressa le pas, les jambes encore frêles et son panier à la main.

Zélie avait dû la couvrir auprès de ses parents. Il n'y a aucun doute qu'elle lui octroyait une confiance aveugle. Elle ne pouvait décemment pas se présenter ainsi au diner, sa robe aléatoirement enfilée. Elle choisit de passer par l'escalier de service pour rejoindre sa chambre et se changer. Ensuite, elle appela Zélie afin qu'on lui apporte un plateau repas au lit, prétextant que son état n'avait montré aucune amélioration. La domestique obéit, en lui adressant un sourire poli. Elle aurait dû avoir honte devant elle. Pourtant ce ne fut pas le cas. Elle se sentait renforcée par cette expérience. Une fois son dîner englouti, elle s'endormit presque instantanément, au comble de la félicité.

Chapitre 27 : 2024

Le parquet de la chambre grinçait à chacun de ses pas. Emma piétinait depuis près de quinze minutes, la lettre en main. Il ne s'agissait pas d'une correspondance unique. Etienne Marchand avait adressé à ses grands-parents des dizaines et des dizaines de courriers. Ils étaient tous codés, elle n'y comprenait rien.

Pensant au départ qu'il était question d'une personne unique, elle s'était aperçue en réalité que le nom d'Etienne Marchand regroupait plusieurs personnes sous un même pseudo. Les recherches internet à propos de « *L'Art et la Manièr*e » n'avaient rien donné. Sans aucun doute, ses aïeux trainaient dans des histoires suspectes, autrement ils n'auraient pas pris un tel soin à dissimuler ces échanges. D'autant plus que Jean l'avait prévenu…

La carte de visite dans l'autre main, Emma continuait ses allers-retours. Devait-elle l'appeler ? Ou plutôt *les* appeler ? Ne risquait-elle pas de se retrouver dans une situation compromettante voire incriminante ? Bon sang, après tout personne ne consentait à l'éclairer, songea-t-elle. Il fallait prendre les devants.

Elle composa le numéro. Son cœur battait plus vite, sans savoir pourquoi. Ce n'était qu'un appel, rien d'engageant non ? Une musique lancinante retentit presque aussitôt. Elle s'attendait à entendre la voix d'une messagerie mais rien de tel ne survint. Au contraire, lorsqu'elle s'apprêtait à raccrocher, une tonalité masculine la salua :

— Emma ! Ravi de vous avoir au téléphone. Vous avez pris la bonne décision.

— Comment pourrais-je avoir choisi quoi que ce soit alors même que je ne sais pas qui vous êtes. J'appelle simplement pour obtenir des réponses.

— Eh bien, voilà quelqu'un de drôlement méfiant.

— Comment ne pas l'être ? Vous m'observez à mon insu, m'offrez des fleurs sans raison, je retrouve des documents étranges vous concernant...

— Des documents ?

— Vous m'avez entendu. Je n'hésiterai pas à les présenter aux autorités compétentes si nécessaire.

Un silence se fit au bout de la ligne.

– Allons, allons, ne prenons pas de mesures disproportionnées. Nous faisions simplement affaire avec votre famille, rien de plus classique. Nous aimerions poursuivre la coutume avec vous. Vos grands-parents ne tarissaient pas d'éloges à votre sujet, insistant sur le fait que vous reprendriez certainement le flambeau.

– Vraiment ? Vous ont-ils dit cela ?

Elle était décontenancée. Jamais elle ne les avait entendu évoquer cet organisme.

– La seule chose à retenir Emma, c'est que nous pouvons vous aider à financer vos réparations quotidiennes.

– Moyennant ?

– Je vous propose que nous nous rencontrions, où bon vous semble. Nous parlerons alors affaires.

– Je, euh… Oui d'accord. Au café de Oisemont demain matin, le 19 mai ?

– Très bien, chez vous, le 21 mai à 16 heures c'est noté.

Il raccrocha sans qu'elle puisse le contredire. « Quel culot, on croit rêver ! » jura-t-elle. Il pouvait bien venir lui conter fleurette, venir lui présenter je-ne-sais quelle magouille, en attendant elle se débrouillerait seule pour résoudre ses soucis. En toute légalité qui plus est.

Il y a quelque temps Jean lui avait soumis l'ingénieuse idée d'une journée porte ouverte où les tickets d'entrée financeraient les réparations. Sa plus grande appréhension, à savoir un refus catégorique du maire, s'avéra illusoire. Bien au contraire, il en fut charmé. La date fixée, Emma usa de ses relations pour vendre son projet et faire de la publicité. Elle publia des post sur les réseaux sociaux de ses gîtes, distribua des flyers dans les commerces, rédigea une annonce dans le journal local... De cette manière, elle s'assurait de toucher le plus grand nombre d'intéressés.

Elle placarda où elle le pouvait des affiches mentionnant « *Journée porte ouverte, samedi 18 mai, inédit au Château de Yonville* ! »

Quelques locaux proposèrent leur aide pour le jour J. En amont, Jean l'avait accompagné dans la réalisation de certaines tâches, notamment pour reconstruire les détails de l'Histoire et offrir aux visiteurs une expérience au plus proche du réel. Il concéda à lui prêter des objets d'époque, longuement conservés dans des malles poussiéreuses. Il fut d'une aide précieuse. Il prit surtout en charge la mise en place des extérieurs, en particulier le corps de ferme, les vieilles écuries et l'atelier vétuste.

Emma s'était occupée de l'aménagement intérieur et du timing à respecter tout au long du parcours. Il y en avait pour tous les âges, y compris les enfants. La possibilité leur était donnée de suivre le cheminement à travers une histoire de princesses et de chevaliers, suivie d'un atelier dessin. Par ci, par-là seraient placés des produits locaux à la vente, afin de faire connaître les différents artisans de la région. Des bénévoles s'étaient portés volontaires pour effectuer les visites et permettre un déroulement fluide des activités. Emma se hâtait de pouvoir transmettre sa passion des lieux.

La pluie picarde, tristement connue, s'était abattue toute la nuit sur le département. Par miracle, elle cessa à la lueur du jour. Les terrains demeuraient détrempés mais la visite extérieure pouvait heureusement se faire. Alors qu'elle s'était levée tôt pour les derniers préparatifs, Emma avait aperçu au loin son voisin, effectuant son tour de garde quotidien, avant de se retirer dans la vieille repasserie, les volets fermés. Il ne comptait pas se montrer mais elle ne lui en voulait pas. Il en avait déjà beaucoup fait.

Les bénévoles informés et préparés, il était temps d'inaugurer cette journée. Une large table disposée à l'entrée du parc permettait d'endiguer le passage des participants et de gérer au mieux le flux des arrivées. Deux volontaires s'occupaient du règlement des billets d'entrée, d'autres formaient des groupes pour permettre aux guides de débuter les visites.

La matinée ne connut aucun temps mort. La bonne humeur régnait, les touristes s'émerveillaient du cadre. Ils ne tarissaient pas de compliments au sujet de l'entretien des espaces verts, de l'architecture de la maison et de la sérénité qui s'en dégageait. À travers le regard de ces personnes qu'elle ne connaissait pas, l'hôte réalisa une nouvelle fois sa chance mais aussi l'importance historique et culturelle qu'incarnait le Château.

Poppy semblait aussi enthousiaste que sa maîtresse, à en croire ses allers retours incessants cherchant caresses et gratouilles auprès de tous les participants.

Les visiteurs débutaient leur tour par la découverte du parc. Des indications étaient fournies aux plus curieux, par le biais de panneaux disposés le long du chemin, éclairant sur la diversité de la faune et de la flore : quelles espèces d'arbres et de fleurs peuplaient la zone, ainsi que les animaux qui y résidaient. Puis, le cheminement de la visite les amenait devant le Chalet où une explication de son architecture était exposée, ainsi qu'une sensibilisation sur les dégâts qu'il avait récemment subis. Les bénévoles s'amusaient ensuite à livrer quelques anecdotes sur le mystérieux occupant de la vieille repasserie, récit qu'Emma leur avait confié pour créer le mystère autour de cette maison surannée.

Le circuit se poursuivait vers le Château, où l'on exposait les spécificités les plus marquantes : les briques orangées, le pigeonnier, la toiture en ardoise... Une fois à l'intérieur, on pouvait cheminer à travers les pièces principales : la salle à manger aux murs sculptés par Paul Romanet, la bibliothèque et son ambiance feutrée ou encore les salons, vestiges d'une époque mondaine révolue.

À l'étage, seule la chapelle s'ouvrait au public, ainsi qu'une des chambres à l'intérieur de laquelle divers objets et photos d'époques étaient exposés. À cette occasion, on pouvait apercevoir des clichés aux teintes sépias où des dizaines de soldats australiens, en octobre 1916, posaient devant l'objectif. Au détour d'un meuble ancien se tenait une grenade d'entraînement factice, qui fut une bonne occasion de relater l'occupation allemande dans le Château.

Le tour des lieux se terminait, de manière chronologique, par la Petite Maison, ancien poulailler. La pièce principale avait été libérée pour installer ici et là des produits locaux à vendre. Ceux qui souhaitaient prolonger l'expérience pouvaient repartir en direction du Moulin de Frucourt.

La vente des billets se clôtura à 17 heures, le dernier groupe termina sa visite à 18h30. Les bénévoles paraissaient éreintés mais satisfaits. La journée terminée, Emma pouvait souffler. Lorsque, une fois dans sa chambre, elle tira les rideaux, elle aperçut au loin son voisin sortir de la repasserie. À l'image d'un animal apeuré par la foule, il s'autorisait à se déplacer de nouveau dans le parc, une fois l'agitation retombée.

Elle informa son frère qui lui confia être fier de sa sœur et de son initiative. Le cœur léger, elle s'écroula sur ses oreillers.

Chapitre 28 : 1894

Une autre semaine au pensionnat venait de s'achever. Le printemps avait laissé place à un été frais et humide d'une part et aux vacances estivales d'autre part. Les étudiantes profiteraient de trois semaines de repos et de révisions. Les examens du premier semestre devaient débuter à la rentrée.

Joséphine se réjouissait de cette pause méritée. Désormais, elle ne sortait plus dans les événements mondains. Le temps et l'envie lui manquaient. Elle avait eu vent de rumeurs à son sujet, certains se demandant où la jolie et renommée demoiselle de Berney avait bien pu passer. Elle laissait ces bruits de couloir aller bon train. Peu lui importait qu'on se demandât si elle avait un secret à cacher et si elle avait fait les frais du trop connu Marquis de Coudertes.

En attendant l'ouverture des grandes portes et la libération tant attendue, les jeunes femmes échangeaient comme à leur habitude leurs projets à venir. Joséphine, qui s'était liée d'amitié avec quelques-unes de ses camarades, écoutait leur conversation sans pour autant y participer. Marthe, la plus jeune de toutes, exaltait :

— Mes parents m'ont écrit cette semaine en m'affirmant que nous partirons pour le sud de la France dès demain ! Le voyage durera quelques jours mais nous serons bien aises une fois arrivés sur les plages ensoleillées de Gascogne.

Victoire, qui se revendiquait la plus dissidente de toute avec Juliette, pouffa :

— Quelle chance tu as Marthe, trois longues semaines reliées à tes parents !

La cadette se renfrogna, sans prendre la peine de répondre. Victoire poursuivit :

— De mon côté, je me rends à Paris. Une compétition automobile, reliant la capitale et Rouen, aura lieu la semaine prochaine. La perspective de cet événement laisse entrevoir un spectacle des plus remarquables et agréables à voir…

— Quelle aubaine ! De magnifiques véhicules doivent être exposés !

— Je ne parlais pas des voitures Marthe...

— De quoi donc alors ?

Juliette tapota l'épaule de son amie :

— Elle faisait allusion aux séduisants chauffeurs...

— Oh ... ! Je vois.

Joséphine sourit, amusée par cette douce incrédulité. Victoire brisa de nouveau le silence :

— Et toi Juliette, quels sont tes projets ?

— Mes résultats étant plus qu'encourageants cette année, mes parents m'ont autorisé à passer quelques jours de vacances avec de vieilles amies.

— De vieilles amies dis-tu ?

— Alberto, Pietro, Domenico, qui sait !

— Drôlement masculines tes connaissances. Je te retrouve bien là. L'Italie donc ?

— Tout à fait. Il paraît que la mer est divine et l'eau translucide.

— Sais-tu nager au moins ?

— Je saurai trouver un professeur compétent...

Les deux étudiantes hochèrent la tête d'un air entendu puis Juliette interrogea Joséphine, qui jusqu'à lors, ne prenait pas part à la conversation :

— En parlant de professeur, Joséphine, comptes-tu revoir Monsieur Bataille en dehors des heures de classe ?

— Excuse-moi ?

– Enfin ! Aucune de nous n'est dupe. Vous semblez partager bien des affaires à chaque fin de leçon.

– Vous vous méprenez.

– Bien au contraire. À mon avis nous faisons preuve d'une grande clairvoyance. Tu es la plus âgée, lui n'est pas repoussant et vous semblez bien vous entendre. Si je devais te fournir un conseil, ce serait de saisir l'occasion. La sécurité d'un mariage bienséant vaut toutes les idylles du monde, aussi belles mais illusoire soient-elles.

Joséphine n'eut pas l'occasion de répondre. Son amie, bien que frivole, était d'une grande maturité. Elle prodiguait de bons conseils, qu'elle-même aurait dû suivre…

Les portes de l'établissement s'ouvraient enfin. Son amie avait soulevé un argument raisonnable. Savait-elle pour Simon ? L'avait- elle deviné ?

Le temps s'annonçait menaçant, de sorte que la Panhard n'attendait pas Joséphine cette fois-ci. À son grand bonheur, elle pourrait s'installer seule dans l'habitacle de la berline. Sous l'effet du roulement, elle s'endormit rapidement pour ne se réveiller qu'à l'arrivée. Ses pensées occupées par la récente conversation avec ses camarades, elle franchit le seuil de l'entrée d'un air absent. Zélie l'accueillit chaleureusement et s'empressa de récupérer ses bagages. Joséphine se délesta de sa veste et sollicita la gouvernante pour lui apporter une tasse de thé à la bibliothèque.

L'habitude voulait qu'elle retrouve sa mère dans cette pièce pour discuter des nouvelles de la semaine. Ce rituel était une réelle amélioration dans les relations entre la mère et sa fille.

Elle pénétra dans la pièce. Catherine ne se trouvait pas sur son fauteuil, face au secrétaire. Son absence étonna sa fille, sans pour autant la paniquer. Elle devait être occupée par d'autres tâches et partit donc à sa recherche. Quelques instants plus tard, la fille aperçut son père qui rentrait de sa journée de travail. Roland la salua.

— Bonjour père. Savez-vous où se trouve maman ?

— Il n'est pas ardu de la localiser, elle ne quitte pas sa chambre depuis des jours.

— Pour quelle raison ?

— Je ne saurais vous le dire. Elle se mure dans un silence pesant, sans donner d'explications.

— Paraît-elle courroucée ? Lui avez-vous donné une bonne raison de l'être ?

— Je n'ai en aucun cas froissé votre mère Joséphine ! Le problème ne vient pas de moi. Les femmes... Vous trouvez sans cesse le moyen d'attirer l'attention ! Vos états d'âme n'intéressent que vous.

Sa fille ne releva même pas cette remarque insensée. Il n'apparaissait pas utile de débattre avec Roland sur ce sujet, alors même qu'il ne connaissait rien aux humeurs des femmes. Joséphine avait déjà eu l'occasion de voir sa mère dans cet état, notamment et surtout, lorsque Roland se comportait de manière insolente ou irrespectueuse.

Elle gravit l'escalier puis se dirigea vers la chambre de ses parents. Elle toqua à la porte. Aucune réponse. Elle prit l'initiative d'entrer doucement dans la pièce. Les lourds rideaux devant les fenêtres bloquaient le passage de la lumière. La pièce était plongée dans l'obscurité. Il lui fallut un instant pour s'habituer à la faible luminosité. Elle balaya du regard la chambre et finit par apercevoir Catherine, recroquevillée sous une couverture au fond d'un fauteuil, face à la seule fenêtre entrouverte. Elle ne savait pas qui venait d'entrer et ne se tourna pas pour le découvrir. Sa fille s'approcha pour découvrir une femme au teint blafard, aux cernes creusées et aux traits marqués par la fatigue. Son regard était perdu dans le vide. Elle se demandait même si sa mère respirait encore. Elle eut rapidement la réponse à sa question lorsque Catherine aperçut du coin de l'œil sa fille. Elle s'agita, se mit à pleurer puis saisit sa main. Joséphine, peu habituée à ce type de comportement, eu un mouvement de recul :

— Mère, que se passe-t-il ? Êtes-vous souffrante ? Dois-je sonner une femme de chambre ?

— Oh, Joséphine... Vous êtes enfin là.

— Oui, tout à côté de vous. Dites-moi ce qui vous tourmente.

— Oh, Joséphine... Si vous saviez...

— Quoi donc mère ? Expliquez-moi.

Catherine fut de nouveau secouée de sanglots. Sa fille se délivra de son emprise pour saisir la sonnette. A l'instant où elle s'apprêtait à l'actionner, sa mère reprit. « C'est Pierre ».

Joséphine cessa tout mouvement. Elle s'immobilisa, paralysée par la peur. Après un moment qui lui parut une éternité, sa mère poursuivit, haletant à chaque fin de phrase.

— J'ai fait venir le médecin le plus compétent de la région. Mais il était trop tard. La maladie avait pris le dessus. Il n'y avait plus aucun espoir.

« Non c'est impossible ». Elle éprouvait la plus grande difficulté à respirer. Elle tourna lentement sur elle-même pour faire face à sa mère. « Non, non, non.

— Je vous assure que nous avons fait notre possible. La tuberculose. Un stade trop avancé... Toute tentative se serait avérée vaine...

— Quand ?

— Il y a deux jours. Je suis allée lui apporter ce dont il avait besoin. Charles se tenait à son chevet. Pierre respirait à peine, ne pouvait plus se lever. Une violente quinte de toux a eu raison de ses poumons. Il n'avait plus la force de se battre...

Joséphine put se mouvoir de nouveau et s'approcher de Catherine. Elle s'agenouilla à ses côtés, pris ses mains dans les siennes.

« Je ne peux le croire, je suis si navrée... »

Catherine ne répondit rien. Elle se contenta de serrer les mains de sa fille. Sa présence la réconfortait. Elle se sentait moins seule dans son chagrin, sachant à quel point Joséphine aimait son neveu.

Les deux demeurèrent immobiles, liées par leur douleur commune. Il se passa plusieurs heures, elles ne les comptaient plus. Puis, le gong annonçant l'heure du dîner retentit. Zélie, usant d'une rare délicatesse, vint aux nouvelles. Sans poser la moindre question elle rafraîchit les visages fatigués, remis de l'ordre dans les coiffures échevelées et lissa les robes froissées. Reconnaissantes, mère et fille reprirent le contrôle de leurs émotions, et descendirent comme si rien ne s'était passé. Face à Roland, il ne fallait pas flancher.

Chapitre 29 : 2024

Le Land Rover s'engouffra à grande vitesse sur le chemin, comme s'il connaissait les lieux depuis toujours. Avec une aisance qui laissa Emma sans voix, l'homme immobilisa son véhicule devant elle, sauta de sa place et vint la saluer. Sa poignée de main lui infligea une douleur silencieuse. Ils s'installèrent et sans attendre, l'invité débuta :

— Bien. Allons droit au but. Que voulez-vous savoir ?

— Qu'importe ma question si vous ne comptez pas y répondre ?

— Écoutez, vous semblez bien frileuse à la conversation.

— Je me méfie, c'est tout.

— Alors je me dois de vous rassurer ! Notre organisation existe depuis des années. Elle est spécialisée dans l'achat, la vente et l'évaluation d'œuvres d'art. Nous acquérons et vendons des œuvres, tous artistes confondus. Nous procédons à leur évaluation, à du conseil, nous exposons, faisons leur promotion… Le tout grâce à un large réseau de passionnés et de professionnels.

Il parlait vite.

— Vous êtes marchand d'art ?
— Si vous voulez oui.
— Et mes grands-parents ? Ils n'étaient pas férus d'art. Que faisaient-ils dans cette organisation ?
— Vous savez, l'art sommeille en chacun de nous. Ils conservaient des œuvres pour notre compte, moyennant un dédommagement non négligeable. Nous n'avons pas la place de tout stocker dans nos locaux.
— C'est tout ?
— C'est tout. Aujourd'hui je vous propose le même arrangement. Il faut simplement savoir rester discret. Par souci de sécurité, nous ne faisons confiance qu'à peu de prestataires, triés sur le volet. Comprenez, le marché de l'art peut… attirer les curieux et susciter l'envie. Nous avions une confiance totale en vos aïeux, qui eux-mêmes vous portaient en grande estime. Avons-nous fait fausse route ?

Il s'approcha, pour se tenir à quelques centimètres du visage d'Emma. Elle sentait son souffle, n'osait bouger : « non ».

Il se redressa tout aussi rapidement, prêt à repartir :

— Parfait. Voilà une affaire rondement menée. Lorsque nous aurons besoin de vos services, vous recevrez les informations nécessaires. En peu de temps vous amasserez suffisamment pour vous mettre à l'abri de toute difficulté. Si vous avez des questions, et bien… posez les uniquement si c'est indispensable.

— Et je m'adresserai à quel Etienne Marchand ?

Il sourit en ouvrant la portière de sa voiture.

— Vous comprenez vite. Ne vous en faites pas, il y en aura toujours un pour vous répondre.

— Attendez ! Vous avez eu vos réponses, je n'ai pas eu les miennes.

— Je vous assure, il n'y a rien d'autre à savoir.

Le moteur vrombit, les pneus crissèrent. En un instant la voiture disparut derrière les arbres. « Quel échange étrange » songea-t-elle. Sans avoir le temps de réfléchir davantage, un véhicule s'engagea de nouveau sur le chemin. Était-ce la même personne ? Elle ne sut s'il fallait fuir ou rester.

Le véhicule s'arrêta au niveau du Chalet, ne lui prêtant aucune attention. Il ne devait pas l'avoir vu. Elle ne reconnaissait ni le modèle, ni l'individu qui en était sorti. Venait-il voir Jean ? Certainement, car il s'était engouffré dans la repasserie d'un pas nerveux.

Quelques minutes s'écoulèrent, le temps nécessaire pour qu'elle finisse par s'inquiéter. En passant à côté du véhicule stationné, elle s'aperçut qu'une enfant était assise à l'arrière. Elle avait entrouvert sa vitre passagère. Emma la salua gentiment pour ne pas l'effrayer et la questionna :

– Salut toi. Tout va bien ? Tu attends quelqu'un ?

– Oui, mon papa. Il est monté là-haut mais je crois que ça crie un peu.

Elle tendit l'oreille, l'enfant avait raison. Elle la rassura et lui promit de revenir rapidement. Il lui fallut peu de temps pour atteindre le premier étage, où les clameurs allaient s'intensifiant. Du palier, on pouvait entendre les deux hommes s'échanger un discours familier. Ils se connaissaient déjà.

– Tu viens vérifier si le vieux grabataire est encore en vie c'est ça ?!

– Mais pas du tout ! Je venais aux nouvelles. Quelle idée idiote, je n'aurais pas dû !

– Quelles nouvelles ? Tu débarques sans prévenir, comme une fleur ! Pour qui tu te prends ?

— Tu es incapable de reconnaitre les bonnes intentions ! Je venais en ami et encore une fois tu me déçois.

— Je te déçois ? Grand bien me fasse. Je te retourne la remarque !

— Tu as toujours été insupportable, je ne vois pas pourquoi le temps aurait changé ton comportement de vieil aigri !

— Allons donc, si tu n'es pas content, pars, je ne te retiens pas !

L'homme bouillonnait. Son visage affichait des teintes rougeâtres alors que ses poings se resserraient comme un étau.

— Tu sais quoi ? Oui, je ne suis pas venu uniquement prendre des nouvelles, c'est vrai.

— Évidemment, le contraire m'aurait bin' étonné.

— Je venais te parler de la seule chose que nous n'avons jamais eue en commun.

— Impossible, nous n'avons rien en commun.

— Tu te trompes, nous avons Maman.

Jean tressaillit. L'évocation de sa femme fit remonter des souvenirs douloureux.

— Ne t'avise pas de parler d'elle, tu ne l'as jamais connue.

— Et quel dommage ! Elle aurait su m'aimer et m'élever elle !

Sur ces mots, l'homme jeta à la figure de son père une enveloppe jaunie puis quitta la pièce. Il frôla Emma sur le palier, sans même lui adresser un regard. Dans sa fureur, il ne semblait pas l'avoir remarqué. Elle s'empressa d'entrer dans le salon. Jean n'avait pas bougé. Sa mâchoire serrée trahissait son état.

— Jean, c'est votre fils qui vient de passer ?
— Si tenté que j'ai un fils oui.
— Pourquoi avoir réagi comme cela ? Que s'est-il passé ?
— Je ne l'ai pas revu depuis des années et voilà ce qu'il me donne ; un papier ? Il n'aura pas un sou si c'est ce qu'il veut.

Elle sourit. Cet homme avait peut-être un cœur, caché derrière une certaine rancœur, mais un sou certainement pas. Il s'apprêta à déchirer l'enveloppe mais sa voisine l'en empêcha. Elle lui prit des mains et l'ouvrit, sans même savoir si elle en avait l'autorisation. Elle déplia une feuille et la consulta en diagonale avant d'annoncer :

— C'est une lettre de votre femme.
— Pardon ?
— Oui, elle date de 1981.
— Lisez, lisez.

Il se laissa tomber dans un fauteuil vétuste, Emma débuta la lecture.

"Mon bien aimé Jean,

J'espère que cette lettre vous trouvera en bonne santé. Alors que je rédige ces quelques mots, je suis remplie d'une multitude d'émotions, dont la principale est l'amour que je ressens pour vous et notre futur enfant.

Depuis que nous avons appris la merveilleuse nouvelle, nos vies ont été imprégnées d'une joyeuse attente et d'une tendresse incommensurable. Dans quelques jours, notre famille s'agrandira d'un petit être qui portera en lui tout l'amour que nous partageons.

Bien que je sois consciente des défis que nous rencontrerons en tant que parents, je suis également remplie d'une confiance indéfectible en notre capacité à surmonter ces obstacles ensemble, main dans la main. Je suis impatiente de voir notre enfant grandir dans un foyer rempli de bonheur, de compassion et de joie. Nous avons longuement attendu ce petit miracle.

Mais je dois vous avouer que depuis peu ma santé semble se détériorer. Il m'arrive d'être secouée de violentes crampes et de migraines que je ne peux contrôler. Il doit s'agir de simples contractions. Je ne souhaite pas vous alarmer, vous n'en saurez donc rien.

Toutefois, dans l'éventualité d'un incident, aussi illusoire soit-il, je vous confie notre enfant. Je vous le confie avec une confiance absolue, sachant à quel point vous serez un père aimant, attentionné et dévoué. Vous saurez être présent pour lui à chaque étape de sa vie, lui offrant soutien, conseils et amour inconditionnel.

N'ayez crainte, j'ai conscience de vos angoisses mon amour. Il est vrai que nous entretenons une relation fusionnelle et que l'arrivée d'un enfant bouscule bien des choses. Il ne vous remplacera jamais, il représentera simplement le prolongement de notre tendre dévotion. Nous avons emménagé à Yonville pour renouer avec votre famille, avec vos racines. Ne laissez pas ce lien s'étioler, je vous en prie.

Je vous aime plus que les mots ne sauraient l'exprimer, et suis reconnaissante chaque jour de vous avoir comme mari et futur père de notre enfant.
Je confie cette lettre à ma mère, en espérant qu'elle ne vous parvienne jamais.

Avec toute mon affection et ma confiance,

Votre bien dévouée Alma."

Emma choisit de se taire un instant pour laisser à son voisin le temps d'assimiler ces paroles. On ne pouvait décemment pas deviner les émotions qui le traversaient. Que ressentait-il ? Elle retint sa respiration. La situation devenait embarrassante. Devait-elle s'effacer et le laisser ? Sans même le vouloir, les mots sortirent de sa bouche :

« Jean ! Réagissez enfin ! Votre fils a fait le premier pas, il est venu à vous. Votre femme vous a confié ce qu'elle détenait de plus précieux. Ne laissez pas une vieille rancœur gâcher ce lien de confiance, s'il vous plaît. Vous avez une petite fille, je l'ai vu dans la voiture avant de monter ».

Il se leva soudainement, d'un bond. Sa voisine sursauta sous l'effet de la surprise. Les yeux écarquillés il ordonna :

« Rattrapez-le Emma ! Dépêchez-vous ! Avant qu'il ne parte ! »

Sans poser de questions elle obéit, dévala l'escalier et courut pour tenter de rattraper l'inconnu.

Chapitre 30 : 1894

Le lendemain, Roland découvrit avec mécontentement que, non seulement sa femme demeurait désespérément silencieuse, mais sa fille aussi. Un soir, il perdit patience et les confronta. Il imposa aux employés de maison de conserver les portes du salon fermées. Il est constant qu'elles usaient régulièrement de stratagèmes pour fuir la conversation.

— Allez-vous enfin me partager la raison pour laquelle vous vous comportez de cette manière ? Cette situation devient insupportable. Je n'ose plus inviter de connaissances à la maison, ils fuiraient à la seconde où ils vous verraient !

— C'est à cela que vous réfléchissez père ? Ne pensez-vous pas que nous ayons besoin de réconfort et de temps ?

— Diable ! Pour quelle raison ?

Catherine tenta d'étouffer un sanglot mais ne put le contenir. Se sentant défaillir, elle voulut quitter la pièce. Son mari la rattrapa au vol, saisissant violemment son bras. Ses pleurs se transformèrent en cris, exposant la rage qu'elle éprouvait en cet instant :

— Lâchez-moi ! Vous ne comprenez rien à rien.

— Vous avez perdu la raison !

Son épouse sortit du salon à la manière d'une tornade, laissant mari et fille face à face. Roland se tourna vers Joséphine :

— Vous avez plutôt intérêt à m'expliquer la situation.

— Mère a raison. Vous ne comprendriez pas.

— Sans même savoir de quoi il retourne, c'est évident !

— Nous avons perdu une personne chère à nos cœurs.

— Qui donc ?

— Vous ne le connaissiez pas.

— Comment puis-je ne pas connaître quelqu'un que vous côtoyez toutes les deux ?

— Pour la simple et bonne raison que vous rejetez les individus sans réfléchir aux conséquences.

— Qui ai-je rejeté au point de vous mettre dans cet état...

Il comprit de qui il s'agissait avant de pouvoir terminer sa phrase.

— Oh. Je vous en prie Joséphine, je vous en supplie, dites-moi que vous ne parlez pas de ce bâtard.

Cette question rhétorique n'apportait qu'une seule réponse possible aux yeux de Roland. Pourtant sa fille lui en livra une tout autre :

— Si, père.
— L'avez-vous retrouvé récemment ?
— Tout dépend de votre interprétation.
— Dites-moi, ne jouez pas avec mes nerfs.

Il perdait patience. Elle en jouait volontairement.

— Plusieurs mois.
— Plusieurs...

Il pinça l'arête de son nez entre ses index, comme pour rassembler ses idées.

— Vous êtes toutes les deux inconscientes. Cet individu n'appartient pas à cette famille. Je tente par tous les moyens de rendre cette famille digne. Je la mène d'une main de maître avec l'art et la manière. Et vous…

— Il est un membre à part entière, bien plus que vous !

— Retirez immédiatement ce que vous venez de dire ! J'ai fondé cette famille. Vous me devez tout ! Cette maison, ce cadre, les vêtements que vous portez, l'éducation que vous recevez, votre vie entière ! Vous représentez une honte pour notre lignée, tout autant que votre bâtard de frère. S'il a quitté cette terre, c'est un soulagement !

Joséphine ressentit une profonde haine l'envahir. Cette inhumanité lui donna la nausée. Elle s'approcha de son père, leurs visages se tenaient à quelques centimètres l'un de l'autre. Plantant son regard dans le sien, elle articula avec rage :

— Vous êtes un monstre, un scélérat, et ne méritez aucune reconnaissance. Maman m'avait prévenu que vous n'étiez qu'un malfrat ! Charles a perdu son enfant atteint de la tuberculose, votre petit-fils !

La gifle qui s'ensuivit frappa Joséphine de plein fouet. Elle ne s'attendait pas à cette violence et fut secouée. Durant quelques secondes, elle chancela alors que son père en quittant la pièce affirma froidement :

— Je n'ai pas de petit-fils. Je n'ai d'ailleurs jamais eu de fils. La conversation est close.

Abasourdie, elle resta seule au milieu de la pièce. Zélie vint la chercher peu de temps après et l'assista pour rejoindre sa chambre. Elle se sentait affreusement mal, vidée de toute énergie et sa joue la brûlait encore lorsqu'elle atteignit son lit.

***

Les premières secondes de calme au réveil furent de courte durée. Aussitôt, Joséphine se remémora la soirée de la veille. La violence des propos échangés, l'animosité de son père et la brutalité des mots lui avaient transpercé l'âme. Elle ressentit un malaise grandissant. L'évocation de ce pénible souvenir et la douleur persistante du deuil lui soulevèrent le cœur. Elle quitta son lit à la hâte, atteignit sa coiffeuse juste à temps pour saisir une cruche en porcelaine. Elle régurgita l'intégralité de son estomac. Elle n'aurait jamais pensé être secouée à ce point.

Zélie entra alors qu'elle ne cessait de rejeter ce liquide nauséabond. Elle lui tapota le dos et la rassura par des paroles encourageantes. Une fois libérée de cette sensation de malaise, Joséphine regagna son lit.

— Zélie, je ne sortirai pas ce matin. Veuillez transmettre à maman que je suis indisposée.

— Avez-vous attrapé le mal Mademoiselle ?

— Je ne pense pas. Cette affreuse nouvelle… Je me sens incapable de la surpasser. Mon petit

Pierre, tellement jeune, si innocent. Si vous saviez…Je ressens une fatigue constante, un écœurement permanent...

— C'est bien regrettable Mademoiselle... Puis-je me permettre ?

— Allez-y Zélie. Je vous sais de bons conseils.

— Une autre raison justifierait votre état.

— Développez.

— Je m'occupe de vos petites affaires Mademoiselle, votre linge, vos draps....

— Où voulez-vous en venir ? Je ne saisis pas.

— J'ai eu l'occasion de remarquer que vous accusiez un certain retard.

— Un retard ?

— Vos... humeurs Mademoiselle.

— Oh ! Oui vous avez raison. Les derniers évènements ont occupé mon esprit. Je n'y avais pas songé. Cela signifie-t-il quelque chose, excepté mon corps meurtri par cette terrible nouvelle ?

— Que vous pourriez attendre un enfant Mademoiselle.

— Non, non, impossible. Je n'en ai jamais eu l'intention.

— Si seulement cela suffisait, Mademoiselle, bon nombre de femmes n'auraient jamais enfanté !

— Comment est-ce possible ? Simon m'avait promis faire le nécessaire pour ne pas qu'une telle chose survienne !

— Les hommes n'y connaissent rien, je peux vous le garantir.

— Peut-être qu'il s'agit d'une erreur d'interprétation des symptômes. Comment puis-je en être certaine ?

— J'ai moi-même pensé à une erreur. Cependant, après deux mois de retard, le risque de se tromper faiblit.

— Dois-je patienter davantage ?

— M'est avis que oui. Des amies au village m'ont bien relaté une histoire à base de grenouilles et d'injections pour s'assurer de la vérité mais cette solution risque de vous exposer au regard du monde.

— Certainement pas, c'est inenvisageable. Je patienterai.

Cette nouvelle ne la secoua pas plus que de raison. Elle estimait cette information erronée et se conforta dans un profond déni. Les dernières semaines furent mouvementées. Cet état de malaise se justifiait nécessairement par la manière dont elle fut malmenée. Un seul moment d'égarement ne pouvait la condamner à ce point, impossible.

À cet instant, un valet toqua à sa porte et vint lui remettre son courrier. En parcourant les enveloppes, l'une d'elles attira son attention. Elle déchira le papier et saisit le carton à l'intérieur. Il s'agissait d'un faire-part. Elle était conviée, le 30 septembre prochain, au mariage du Marquis de Coudertes et de Mademoiselle Louise du Baresait. Elle se souvint de la conversation qu'elle avait échangé avec cette fille au Bal d'Automne l'an passé. Bien qu'à cette époque Joséphine avait méprisé les franches paroles de cette dévoyée, elle se demandait aujourd'hui si son discours ne représentait pas la voix de la raison. Alors que celle-ci se mariait convenablement, Joséphine n'était devenue qu'une étudiante portant probablement plus qu'un deuil difficile désormais.

Chapitre 31 : 2024

Emma n'eut pas besoin de courir longtemps car l'homme, installé dans sa voiture, n'avait pas encore démarré. Il tapotait rageusement sur l'écran de son téléphone, en tentant d'entrer une adresse dans le GPS. Elle toqua à la vitre, ce qui le fit sursauter. Il ouvrit la portière et attendit qu'elle prenne la parole.

— Bonjour. Vous ne me connaissez pas, je suis Emma. J'habite juste à côté, j'ai repris la maison. Peut-être n'ai-je aucune légitimité à vous dire cela mais je pense sincèrement que Jean regrette chaque parole qu'il vous a tenue.

— Ce serait bien une première. Cet homme n'a jamais démontré une once de remords depuis que je le connais. J'ai voulu tenter, espérant que l'âge avançant l'avait assagi. Quelle erreur.

— Il peut s'avérer grossier et blessant, je vous l'accorde. J'en ai moi-même fait les frais. Cette lettre l'a secoué, vous devriez échanger avec lui. Je m'en porte garant.

— Il est fermé à toute discussion, c'est peine perdue.

— C'est votre enfant à l'arrière ?

L'homme se retourna. Ses traits devinrent plus doux à la vue de son enfant. La petite fille lui offrit un large sourire et salua Emma d'un geste vigoureux.

— Oui, ma fille. Elle a 6 ans et ne cesse de me questionner sur ses grands-parents. Je pensais que le moment serait venu de lui présenter son grand-père, qu'aucune raison ne justifiait que mon animosité lui soit préjudiciable. J'espérais vainement que nos retrouvailles se déroulent mieux.

— Vous devriez la lui présenter.

— Ce n'est pas une bonne idée...

Il n'eut pas l'occasion de finir sa phrase. Jean, claudiquant avec sa canne, tentait de presser le pas pour atteindre la voiture. Son fils sortit. Emma s'écarta pour leur laisser la place. Le vieil homme tendit une main maladroite, que son fils empoigna. Ce geste semblait représenter une proximité absolue, qu'ils n'avaient jamais partagée. Ils restèrent ainsi à se regarder dans les yeux. Le fils finit par rompre l'échange. Jean s'excusa :

« Benjamin, je... Je ne suis qu'une brute mal dégrossie et j'espère que tu excuseras ce comportement ».

Comme pour obtenir l'aval de sa jeune voisine, il lui jeta un regard interrogateur. Elle hocha vivement la tête en signe d'encouragement.

« Je peux essayer, je ne te garantis rien ».

À cet instant, la portière arrière du véhicule grinça et deux petites jambes touchèrent le sol.

L'enfant s'approcha des deux hommes. Son père lui prit la main. Sans hésiter, elle s'adressa au vieillard. « Papi ? »

Il resta sans voix et chercha de l'aide dans le regard de son fils. Ce dernier s'agenouilla aux côtés de sa fille :

— Oui, c'est ton grand-père. Depuis le temps que tu me réclame de le voir.

— Coucou papi, tu es très vieux !

Benjamin devint livide. Son père allait-il se vexer ? Bien au contraire, il s'en amusa. Le fils reprit :

« Papa, je te présente Alma ».

Les yeux de Jean s'embrumèrent. Il tapota l'épaule de son fils et le remercia dans un murmure, étranglé par l'émotion. Il s'adressa ensuite à la petite fille :

— Tu ressembles à s'y méprendre à ta grand-mère. Le même bagou !

— Mamie devait être une chouette personne alors !

— La meilleure.

« Oh ! » Alma avait aperçu Poppy qui, quelques mètres plus loin, s'occupait à chasser les oiseaux. Dans un élan de supplication, elle demanda l'autorisation de son père pour aller jouer avec lui. Il l'autorisa, soutenu par Emma qui confirma la fiabilité du chien. L'enfant gambada en direction de l'animal, lequel se réjouissait de pouvoir jouer avec quelqu'un. Emma encouragea père et fils à aller se promener pour discuter, elle surveillerait Alma.

Ils acceptèrent et s'en allèrent, tous deux mal à l'aise d'une situation qui leur était inconnue. Benjamin expliqua à son père de quelle manière il l'avait retrouvé. En lisant sur internet les journaux locaux, un article avait attiré son intention. Il s'agissait d'une rubrique sur le Château de Yonville et la journée porte ouverte organisée quelques semaines plus tôt, qui avait permis de récolter des fonds pour la reconstruction du Chalet. L'article faisait état des dégâts causés par la tempête. C'était l'occasion idéale de venir aux nouvelles et de transmettre la lettre de sa mère. Alma l'avait remise à sa propre mère avant de mettre au monde Benjamin. Sa grand-mère maternelle lui avait confié à ses 16 ans, après son départ de Yonville. En colère pendant plusieurs années, il avait choisi de la garder pour lui puis l'avait oubliée.

Il ne pensait pas que ce courrier impacterait autant son père. Il ne regrettait pas de lui avoir donné, heureux qu'elle soit dans les mains du principal destinataire. Il confia à son père les difficultés que lui et sa femme avaient rencontré pour avoir Alma, qu'elle représentait par conséquent un vrai miracle à leurs yeux. Jean compatit et avoua avoir eu les mêmes complications avec sa femme. Il exprima à son fils ses regrets, qu'il ne savait rien de l'état de santé de son épouse durant sa grossesse et qu'il pensait que sa mort l'avait frappé de plein fouet sans prévenir. S'il savait su qu'elle avait de grandes chances de mourir, il se serait préparé avant même la naissance. Cette douleur, ce vide ; il n'avait jamais réussi à les faire disparaitre. Et puis une rancœur injustifiée mais incontrôlable avait pris le dessus. Il regrettait amèrement si son fils savait. La découverte de la petite Alma était l'électrochoc qui lui fallait.

« Merci Benjamin. Merci d'être venu me la présenter. Mon âme eût été damnée pour l'éternité si j'avais pris conscience trop tard de l'erreur que j'avais commise ».

Lorsqu'ils eurent terminé le tour du parc, ils regagnèrent la repasserie. Alma jouait encore avec Poppy, lui lançant incessamment le même bâton. Benjamin déverrouilla sa voiture pour ouvrir le coffre. Un immense carton occupait tout l'espace.

— L'article mentionnait le fait que la tempête avait détruit ton poulailler. Je sais à quel point tu l'appréciais, déjà quand j'étais gamin. Je me suis dit que nous pourrions en reconstruire un tous ensemble ?

— Alors ça c'est une bonne idée.

Il appela sa petite fille qui accouru vers lui. Ses yeux. Elle possédait les mêmes grands yeux bleus que sa grand-mère, de longs cils, un regard si expressif…

Elle offrit gaiement son aide pour la construction. Tous deux s'en allèrent déposer les cartons derrière le Chalet alors que le fils rejoignit Emma.

— Merci.

— Oh, pourquoi ?

— Je ne sais pas ce que vous avez fait ou dit… Mais l'homme que j'ai devant moi ne ressemble en rien au père sévère avec lequel j'ai dû vivre. Vous avez accompli un exploit. Il m'en a tellement voulu pour le décès de ma mère… Je ne pensais pas qu'il s'en remettrait un jour.

— On ne peut pas dire qu'il se comportait tendrement au départ. En effet, la seule mention de sa femme le rendait imbuvable. Son accident en début d'année a remis les événements en perspective. Ce devait être la première fois de sa vie qu'il dépendait à ce point de quelqu'un d'autre.

— Je vous en dois une pour ça aussi ! Merci d'avoir pris soin de lui. J'aurais dû être présent.

— Vous ne pouviez pas savoir. Vous auriez été le premier au courant si Jean avait dénié me parler un peu plus de vous. Vous semblez sincèrement bienveillant et votre famille fait rêver. Vous serez toujours les bienvenus ici !

— Nous passerons plus souvent à l'occasion. Merci pour votre accueil. Voulez-vous participer à la construction d'un poulailler qui marquera l'histoire de Yonville ?

— J'apprécie votre proposition et, bien qu'elle soit tentante, je préfère rentrer et vous laisser en famille. Ravie de vous avoir rencontré, à bientôt.

Emma convia son chien à la suivre et laissa la petite famille s'afférer à la tâche.

Chapitre 32 : 1894

Bien qu'elle tentât de se persuader du contraire, la situation se confirmait de jour en jour. Au fil des semaines, Joséphine voyait son ventre s'arrondir, ne laissant aucune place au doute. L'automne arrivant, les températures lui permettaient de porter des robes plus amples, au tissu épais et couvrant. Elle n'en avait parlé à personne. Elle continuait de voir Simon, lui refusant toute proximité. Elle avait repris les cours, réussi ses examens mais usait de ruses pour ne pas dévoiler son état. Les premiers mois, accompagnés d'un état nauséeux persistant, furent les plus difficiles à cacher.

La solitude la gagnait, à mesure que ce petit être prenait de la place. Elle se sentait démunie face à une situation qu'elle ne pouvait ébruiter. Inconsciemment, elle se rapprocha davantage de son professeur. Son comportement doux et bienveillant la réconfortait dans des moments de panique, alors même qu'il n'était informé de rien. Il lui arrivait de passer plusieurs heures dans sa salle de classe à la fin de la journée, l'écoutant radoter sur sa famille ou sa passion des chiffres. Joséphine évitait au maximum de côtoyer ses camarades qu'elle savait perspicaces pour certaines d'entre elles. Un soir, après un cours d'éducation sportive auquel elle n'avait pas assisté pour cause d'indisposition, elle sentit une grande fatigue la tenailler. Elle dû s'asseoir sur son lit un instant, ce qui lui permit de reprendre ses esprits. Juliette s'installa devant elle et lui murmura :

– Joséphine, est ce que tout va bien ?
– Oui merci. Je suis simplement indisposée.
– Tu n'as pas besoin de me mentir.
– Pardon ?
– J'avoue avoir été surprise de te savoir si audacieuse mais tu peux compter sur mon soutien.
– Tu me maintiens dans l'incompréhension Juliette.
– Monsieur Bataille est-il le père ?
– Enfin, pas du tout !
– Tu ne nies pas ton état alors.

Joséphine baissa sa garde.

– Oh, Juliette, je me trouve dans un tel bourbier.
– Diable, si j'avais su que tu envisageais de… je t'aurai transmis quelques conseils utiles. As-tu réfléchi à une solution, disons, radicale?

— Non !

Elle s'exprima d'une voix plus forte qu'elle ne l'aurait voulu. Plus bas, elle reprit :

— Non, bien sûr que non. Quand bien même, je ne saurai comment procéder.

— Je peux t'aiguiller vers des femmes...

— Cet enfant reste une création de Dieu, c'est hors de question. Je trouverai une solution.

— Bien, tu es responsable de ta décision après tout. Qui est l'heureux élu ?

« Ne pas répondre, cela valait mieux » se dit-elle.

— Juliette, promets-moi de garder le secret.

— Je m'engage solennellement à garder cette information, ne te tourmente pas. Tu ne pourras toutefois pas conserver cette nouvelle pour toi éternellement.

L'idée de devoir révéler son état au grand jour réhaussa son malaise. Elle se rendit à la salle d'eau commune où un nettoyage à l'eau froide lui fit le plus grand bien.

Le lendemain matin, alors que ses camarades dormaient paisiblement, Joséphine fut subitement réveillée. Elle sentait un mouvement. Sans bruit, elle se redressa dans son lit puis posa sa main sur son ventre. L'enfant qu'elle portait bougeait, ne se souciant pas du tracas de sa mère. Cette sensation l'accompagna tout au long de la journée, lui faisant prendre conscience de la réalité de la situation. Élever ce bébé auprès de Simon, vivre à ses côtés, fonder une vraie famille avec lui, devenaient des projets illusoires. Le vent de maturité que lui imposait cette grossesse l'obligea à chercher une solution de repli. Une alternative lui fut proposée plus rapidement qu'elle n'aurait pu l'espérer.

Alors que le cours de comptabilité se terminait, les étudiantes sortaient une par une de la salle de classe. Prise dans une conversation animée avec ses camarades, Joséphine ne prit pas la peine de s'attarder dans la pièce cette fois-ci.

Elle se dirigea vers les dortoirs puis vers les sanitaires où elle put se retrouver seule. En sortant, une main la saisit pour l'emmener non loin de là, dans un recoin à l'abri des regards. À la hâte, elle s'assura que son ventre ne trahisse pas son état. En relevant la tête, elle fit face à son professeur. Une fois assuré de ne pas être découvert, il s'écarta d'elle, respectant comme à son habitude une distance de bienséance. Il la regardait intensément. Inquiète, elle l'interrogea.

– Quelque chose ne va pas Monsieur ?

– S'il vous plaît, appelez-moi Marceau désormais. Nous nous fréquentons depuis assez longtemps. Tout va bien ? Vous vous êtes volatilisée à la fin du cours.

— Oui, j'avais besoin de me rafraîchir. Écoutez, des rumeurs commencent à se répandre...

— Des rumeurs ?

— Oui, à propos de nous.

— Faisons-les taire Joséphine.

Marceau plongea une main dans sa poche puis posa un genou à terre. Elle n'eut pas besoin d'analyser la situation, elle comprit aussitôt mais ne s'attendait pas à une telle demande. Son visage devait laisser paraître sa surprise, pourtant Marceau ne semblait pas l'avoir perçu. L'adrénaline parcourait son corps.

« Joséphine, dès lors que mon regard s'est posé pour la première fois sur vous, mon cœur n'a cessé de battre à l'unisson du vôtre. Il n'existe pas de mots assez puissants pour exprimer la profondeur de mes sentiments. Permettez-moi de prendre soin de vous et de vous protéger pour le reste de nos jours. Ainsi, je me mets à genoux devant vous, humble et plein d'espoir, attendant avec impatience de savoir si vous voudriez devenir mon épouse ».

Bien que de nature loquace, elle se trouva interdite. Ses pensées se bousculaient dans un conglomérat de doutes. Alors qu'elle priait pour qu'on lui indiqua la marche à suivre, un nouveau mouvement du bébé la fit sursauter. Elle ne pouvait recevoir de signe plus clair. Lui prenant la main, elle invita Marceau à se relever puis accepta sa proposition. Il jubilait, rayonnait et l'embrassa pour la première fois.

Cette sensation ne ressemblait en rien à celle, puissante et intense, qu'elle éprouvait lorsque Simon usait des mêmes gestes. Marceau se révélait purement et simplement gentil, à l'écoute, ne s'égarant jamais à la colère ou la vulgarité. Elle savait que ce choix serait le plus judicieux. Elle ne pouvait plus se permettre de ne penser qu'à elle désormais. Elle vivait pour deux. Cette pensée lui permit de ne pas ressentir la culpabilité de trahir un homme sincère, malheureusement incrédule.

Il fallait annoncer la bonne nouvelle à ses parents. Marceau en prenait la responsabilité. Il devait demander au père la main de sa fille. Le week-end suivant serait l'occasion parfaite. Le vendredi soir, ils prirent la route de Yonville ensemble. Assis en face de la jeune femme, Marceau s'émerveillait du paysage qui passait en flèche sous leurs yeux. Une fois arrivés, ils trouvèrent Catherine à la bibliothèque. Depuis peu, elle s'autorisait à revivre. La nouvelle des fiançailles lui ôta toute pensée malheureuse. Roland accepta vigoureusement la proposition, ravi d'accueillir un gendre de bonne famille qu'il pensait ne jamais rencontrer. Ils trinquèrent à cette annonce heureuse.

Le samedi soir, dans l'intimité de sa chambre, Joséphine se confia à son amie :

— Zélie... Je suis exténuée, comment vais-je survivre aux dernières semaines ?

— Ne vous en faites pas Mademoiselle, il n'y a rien de plus normal à ressentir cette fatigue. Vous avez de la chance dans votre malheur, votre ventre ne se voit que très peu. Cet enfant doit connaître sa clandestinité !

— Je suppose que vous avez raison.

— L'avez-vous annoncé au père ?

— Pas encore, je suis incertaine quant à la marche à suivre... Que me conseillez-vous ?

— Je ne saurai vous dire Mademoiselle. Ce choix paraît bien délicat, il vous revient. Toutefois, si je prenais la place du père, j'apprécierais sûrement d'être tenu informé.

Le lendemain matin, Joséphine se dirigea vers la menuiserie. Elle avait encouragé son fiancé à accompagner Roland pour une visite de la machinerie. En toute discrétion, elle put rejoindre Simon. Il l'accueillit par un large sourire, les yeux pétillants. Elle n'arborait pas le même enthousiasme, il s'inquiéta.

— Nous devons discuter de notre situation.

— Voilà une idée raisonnable. J'admets que les conditions de notre relation ne suffisent plus.

Vous méritez le meilleur. Pour le moment, je ne peux vous offrir que mon cœur mais je prévois une vie heureuse pour nous. Je travaillerai davantage, gagnerai plus…

— Je suis engagée auprès d'un autre homme.
— Que dites-vous ?
— Marceau, mon professeur de comptabilité, a demandé ma main, j'ai accepté. Il loge à Yonville ce week-end.
— Votre enseignant ? Je ne peux pas vous croire. Vous ne m'en avez jamais parlé ! Entreteniez-vous une relation dont je ne connaissais pas l'existence ? Nom de Dieu, pour quelles raisons le choisissez-vous ?
— Je n'ai pas d'autres choix.
— Vraiment ? Expliquez-moi !

En guise de réponse, Joséphine saisit la main de Simon et la posa sur son ventre. Son bébé remuait dans tous les sens, il le sentit instantanément. Ses yeux s'ouvrirent en grand, son visage rougi de colère.

— Cet homme a-t-il abusé de vous ?
— Non, Simon, cet enfant est le vôtre.
— Impossible.
— Vous insinuez que je mens ? Que je batifole avec le premier individu venu ?

— Bien sûr que non, en aucune manière. Je ne sous-entends point que vos mœurs sont légères. Mais... Je croyais avoir pris les précautions nécessaires.

— Visiblement non.

— En êtes-vous certaine ? Il me semble avoir...

— Par pitié, cessez ! Épargnez-moi la suite de cette conversation qui ne saurait être autre qu'inconvenante.

— Pardonnez-moi. Souffrez-vous ?

— Seulement de la fatigue pour le moment.

— Je suis sincèrement navrée Jo.

— Il ne sert à rien de se lamenter, vous auriez dû vous prémunir de cette situation bien avant. Il est trop tard pour les remords.

— Votre froideur est une torture. Restez avec moi, je vous en prie. Il m'est impossible de vous quitter, de vous savoir avec un autre homme.

— Le choix ne me revient plus. J'agis dans l'intérêt de l'enfant.

— Comptez-vous le garder auprès de vous ?

— Je n'en ai pas la moindre idée.

Elle tourna les talons, laissant Simon désemparé. Joséphine voulait se montrer digne, forte face à l'adversité, mais alors qu'elle remontait l'allée menant au Château, elle se laissa emporter par les sanglots.

Chapitre 33 : 2024

La période la plus difficile se trouvait derrière elle. Le Chalet avait récupéré une toiture solide, même si plus de temps et d'argent seraient nécessaires à sa complète réfection. Emma put de nouveau apprécier les moments de calme, loin de l'angoisse constante de perdre la propriété. Le marchand d'art avait indiqué avoir besoin de ses services sous peu ; elle attendait donc sans savoir quand. Elle restait dans l'incertitude face à cette situation. Jean lui avait tenu un discours sans équivoque :

« Marchand d'art ? Et puis quoi encore. Je le connaissais bien ce voyou. Enfin Emma, réfléchissez deux minutes. Il vous demande de garder des œuvres chez vous, sans ébruiter l'information, et pour ce service vous êtes onéreusement récompensée ? Il n'existe qu'un mot pour ce genre de pratique : le recel. Vous avez bon cœur et faites confiance aux gens. Sachez simplement que mes pressentiments me trompent rarement et que la jolie façade qu'exposait vos grands parents cachait des activités moins glorieuses… »

Elle avait refusé de le croire. Personne ne pouvait mentir à ce point durant autant d'années. Impossible. Par couardise elle avait décidé de plonger dans un déni et de ne plus y songer.

Elle préféra informer Lucile des dernières nouvelles sur Yonville. Cette dernière la congratula au téléphone : « Félicitations Emma, je savais que vous en étiez capable. Vos grands-parents seraient fiers. Maintenant, vous pouvez vaquer à vos occupations. Avez-vous eu l'occasion de terminer les mémoires de Marceau ? »

Non, en effet. Elle avait totalement laissé tomber le bouquin. Empreinte d'une motivation nouvelle, elle reprit l'ouvrage et s'installa dans le jardin, où elle pourrait profiter des derniers rayons du soleil. Il ne lui restait que quelques pages pour ce tome. En survolant les dernières lignes qu'elle avait lu, elle se remémora le passage où sa lecture avait pris fin. Marceau s'était épris de Joséphine et ils entretenaient une relation platonique au sein de l'école. Emma put débuter un nouveau chapitre.

« Le dernier jour de classe touchait à sa fin, avant que les élèves puissent profiter d'un repos estival mérité. Je ne me plaignais pas du niveau de ma classe. Chaque étudiante montrait un certain intérêt pour la matière, bien qu'elle ne fût pas des

plus accessibles. Au fil des semaines, nous pûmes développer un lien de confiance. Je n'appréciais guère les méthodes d'enseignement archaïque, mêlant sévérité et intolérance. À chaque nouvelle heure, je tentais de transmettre les notions essentielles avec pédagogie et bienveillance.

Les élèves surent apprécier mes différentes approches de la gestion du budget familial. Je cultivais depuis toujours un grand respect de la gent féminine. Il ne me venait pas à l'esprit de les considérer inférieures aux hommes, d'autant plus qu'elles savaient tout aussi bien qu'eux, manier la comptabilité.

Grâce à ce climat de confiance, aucune étudiante n'eut l'occasion de remarquer la proximité que j'entretenais avec Joséphine. En effet, il était fréquent que l'une ou l'autre de ses

camarades me sollicite à la fin de la classe pour de l'aide sur un exercice, des conseils méthodologiques ou la reformulation d'une leçon incomprise. Méfiant au départ, j'eus l'occasion de découvrir un nouvel aspect de sa personnalité. Elle ne semblait plus jouer de ses charmes à des fins inappropriées.

Elle prenait plaisir, simplement à s'asseoir, et à échanger avec moi. Il ne fit aucun doute que mon cœur s'était épris d'elle depuis longtemps.

Cependant, je choisis de n'en laisser transparaître aucun soupçon. Je me fourvoyais sur son intelligence et sa clairvoyance. En prenant du recul, il me parut évident qu'elle devait avoir saisi chacune de mes intentions. Son comportement devint doucereux avec le temps. Quelques semaines après son retour en classe, je n'eus pas besoin de la forcer à rester auprès de moi. Naturellement, elle trouvait une raison de demeurer dans la salle de classe une fois la leçon terminée. Elle m'écoutait davantage et s'exprimait moins. D'une jeune femme fière, à la limite de la condescendance, elle devint plus humble et amicale. Ce changement de comportement n'aida point mon cœur à se détacher du sien. J'eus le plus grand mal à m'éloigner de sa douce présence.

Bien que j'eusse voulu plonger mon âme dans un heureux déni, cette attitude trahissait une difficulté que j'eus la plus grande peine à comprendre. Il me fallut quelque temps pour saisir la déchirante réalité. Cette femme, aussi enchanteresse soit-elle, eût tort de me penser incrédule.

~

Oh, Joséphine, il apparaissait évident que votre cœur appartenait à un autre. Le doute survint lorsque de nombreuses lettres vous parvinrent à l'école et que, dans un souci de convenance, les professeurs en trièrent les expéditeurs. La soudaine apparition d'une amie de longue date, vous écrivant plusieurs fois par semaine, attisa ma curiosité. Au regard du respect sans faille que j'éprouve à votre égard, l'idée ne m'est point venue d'ouvrir la moindre enveloppe.

Certainement que cet homme, ô combien chanceux, représentait l'interdit, autrement vous m'auriez éconduit. Un dilemme cornélien s'offrait à moi et pourtant, seules quelques minutes me suffirent pour décider. Je préférai donc entretenir mon incrédulité à vos côtés, que de devoir m'abandonner à une vie dépourvue de votre existence. Si votre bonheur se cultivait auprès d'un autre homme, alors qu'il en soit ainsi.

Ce choix, dont vous ignoriez la substance, eut pour conséquence de me jeter à corps perdu dans un engagement que je ne regrette pas et pour lequel je ne me repentirai jamais. Chaque leçon en votre présence apportait à mes journées un souffle nouveau. Je ne pus me languir davantage et préparai avec soin le moment où je demanderai votre main. Vous affirmer que j'éprouvais une sérénité à l'approche de cette proposition demeurerait un mensonge. Rien ne permettait d'affirmer que vous accepteriez - excepté peut-être une situation dont vous espériez garder l'entier secret.

~

Lorsque j'eus été en possession de la bague qui sublimerait sa main, il ne me restait plus qu'à lui proposer. Une adrénaline nouvelle me parcourut l'échine, m'offrant une confiance, longtemps égarée. Un sentiment m'encouragea à penser que Joséphine m'honorerait de son consentement. Ce n'est que le jour même que mon esprit fut éclairé par la vérité, une nouvelle fois.

Ce jour-là, la leçon portait sur l'établissement du bilan financier de la famille, de sorte que les élèves durent se concentrer plus intensément, afin d'effectuer leur tâche sans erreur. Lorsque la sonnerie retentit, chacune des étudiantes soupira de libération. En sortant de la classe, elles entamèrent des discussions animées entre camarades. Je triais leurs feuilles d'exercices, feignant ne pas voir Joséphine quitter la pièce. Je brûlai d'impatience, ma raison bataillant contre mon cœur, pour ne pas la retenir. Une telle intervention susciterait bien des regards.

Avec toute la discrétion qu'il m'était donné d'avoir, je suivis son itinéraire. Enfin, après une attente qui me parut éternelle, Joséphine se détacha de ses amies. Seule, elle se dirigea vers les commodités.

Ma raison ne me trompait point et j'eus conscience que mon comportement aurait pu paraître terrifiant, quoique dénué de toute mauvaise volonté, je l'assure. Au moment où elle s'apprêtait à sortir, je perçus des éclats de voix non loin de nous. Lorsqu'elle passa le pas de la porte, je la saisis vigoureusement afin de ne pas être découverts.

~

Oh Joséphine, je ne saurai assez implorer votre pardon. Vous fûtes prise de surprise et ne pûtes cacher cette étonnante vérité à temps. Je sentis tressaillir en vous plus qu'une simple stupeur.

En votre sein n'habitait pas simplement votre beauté intérieure. Vous viviez pour deux. Ô, insidieux et dangereux déni, auquel je me suis abandonné... À cet instant et pour la seconde fois, je choisis de cultiver mon incrédulité auprès de vous Joséphine. Vous me congratulâtes ensuite d'un « oui » qui me ravit, comme rarement je l'eus ressenti.

N'ayez crainte mon amour. Ne cultivez aucune culpabilité. Vous avez accepté ma demande en connaissance de cause, mais je vous l'ai également proposée en toute lucidité. »

Remerciements

Merci à ma famille pour son soutien sans faille et tout particulièrement à ma sœur, première lectrice de ce roman…